Libertà

Tome 3 : Sous les pavés, l'amour

Eloïse Casbert

LIBERTÀ

Tome 3 :

SOUS LES PAVÉS, L'AMOUR

Eloise Casbert

www.soromance.com

Note de l'auteure

Ce livre est une œuvre de fiction. Plusieurs événements historiques y trouvent certes leur place, mais ils s'insèrent dans un cadre fictif. De là même si l'on reconnaît le nom de certaines figures historiques, les personnages qui les incarnent ici sont tout aussi fictifs.

Patronymes, caractères, lieux, dates et descriptions géographiques sont, soit le produit de l'imagination de l'auteur, soit insérés dans cette fiction. Toute ressemblance avec des personnes réelles, mortes ou vivantes, avec des événements et des lieux concrets ne serait que pure coïncidence.

Chapitre 1

Vendredi 3 mai 1968, Toulon, place Puget

Il est vingt heures, la famille Jauffred est réunie devant le poste de télévision. Toute la journée, à la radio, les nouvelles de Paris ont été incroyables. Il y a Louis Jauffred et son épouse Hélène. Le professeur de musique et la pharmacienne se sont rencontrés encore étudiants, en 1945, sur le quai de la gare de Toulon qui accueillait les prisonniers venant d'Allemagne. Ils ont échangé un seul regard, mais il avait suffi à leur donner l'envie de se retrouver après l'euphorie de la victoire et des retrouvailles. Sa cousine Eugénie avait rencontré Julien Mesnard en faisant partie de la Résistance. Son cousin Tonin avait succombé au charme de Rose, la sœur de Julien, lors de la Libération. Ces couples formés par la guerre ont donné naissance à une génération nouvelle.

Dans le salon des Jauffred, place Puget, le décor a changé depuis ce jour de 1924 où Lisandra et Uguet1, les parents de Louis, avaient emménagé leur premier logis. Maintenant ils coulent des jours tranquilles à Salernes dans la maison familiale près de l'usine de tomettes dont s'occupe Tonin. L'appartement a repris des couleurs avec l'installation de Louis et Hélène. Le Formica et les appareils électroménagers ont fait leur entrée et facilité la vie du couple. Hélène n'a que quelques pas à faire pour être à la pharmacie de l'autre côté de la place, mais les horaires d'ouverture ne lui laissent

---

1. Uguet est un diminutif de Hughes en provençal.

guère de temps. Aussi pour aider Louis, le réfrigérateur puis la machine à laver le linge ont été de lourds mais bienvenus investissements.

La télévision, c'est leur cadeau pour les vingt ans de leur union. Et en à peine plus d'un an, la vie familiale s'est organisée autour. Tous les soirs à vingt heures la famille Jauffred regarde les informations. Quand il n'y a pas de préparation ni de correction à faire, Louis regarde *Le petit conservatoire de Mireille* sur la première chaîne. Mais ce soir, devant les actualités, ce sont les enfants les plus attentifs. Claire, vingt et un ans tout juste, et Alain, dix-neuf ans, attendent avec impatience les images de Paris où la situation semble explosive.

Certes, les choses couvent depuis des mois. L'évolution du mode de vie des Français dans les années 60 a initié une évolution des mentalités dont les jeunes, en cette fin de décennie, sont les porte-parole. L'urbanisation, l'augmentation du niveau de vie, l'accès à l'éducation, à la culture ont modifié leur façon de voir leur vie. Les jeunes veulent être un groupe socioculturel à part entière. Ils ont leurs magazines, leurs émissions de radio, leurs chanteurs. Et fatalement ils ont leurs propres revendications, notamment la liberté sexuelle que la génération de leurs parents a du mal à comprendre. Claire et Alain essaient d'écouter *Salut les copains* à la radio dès qu'ils le peuvent. Claire craque carrément pour le sourire de Johnny Hallyday et le déhanché d'Elvis Presley. Tandis qu'Alain, plus calme, a adopté la coupe Beatles et fredonne leurs airs à longueur de journée. Louis lui-même a dû s'y mettre car ses élèves ne supportent plus Jean Ferrat ou Tino Rossi et réclament les Rolling Stones. Il choisit Jacques Dutronc, un Français gouailleur mais acceptable dans une classe de collège catholique, comme l'est alors l'institution Sainte-Marie à La Seyne.

Les écarts sociologiques sont encore importants. Les écoles mixtes, par exemple, sont inexistantes, la mixité commence au lycée et encore pas de partout. Claire, qui sort de l'école normale de Draguignan, est la première à s'en plaindre. Trois ans parmi ces « femelles tout juste bonnes à chercher un mari » selon son expression, l'avaient remplie de révolte.

Autre sujet de discorde entre générations : la tenue vestimentaire. Les filles ne peuvent pas porter le pantalon dans les établissements scolaires. Claire travaille depuis le mois de janvier au lycée Beaussier, à La Seyne. Elle remplace une professeure d'instruction civique, en maladie, auprès des élèves de la sixième à la troisième. Elle a posé la question au proviseur à tout hasard, en vain, il est, là aussi, interdit de venir en pantalon. Alors, les filles trichent, elles enfilent la jupe qu'elles ont dans leur sac dans la petite rue juste avant la place devant le lycée et cachent leurs pantalons sous les cahiers. Celui-ci refera son apparition à la fin des cours.

Les mouvements révolutionnaires, notamment à Cuba avec Che Guevara, font rêver les jeunes en qui ils voient un modèle. Claire, elle, ne chavire pas pour ce « bellâtre latino qui une fois à la maison doit redevenir le pire des machos » selon sa description du héros cubain. Depuis le mois de mars et son mouvement du 22, l'université de Nanterre est au cœur des revendications. Aussi quand le 2 mai, les anti-impérialistes investissent un cours, le doyen ferme la faculté. Ce qui provoque dès le lendemain la propagation au Quartier latin et à la Sorbonne. Depuis le début de la journée, la cour de la Sorbonne est occupée par quelques centaines de manifestants, dont les élèves de Nanterre.

Parmi les orateurs qui s'expriment dans les mégaphones, un des étudiants qui doivent passer en conseil de discipline : Daniel Cohn-Bendit. Mais grande est leur déception car le journaliste annonce que les images de Daniel Cohn-Bendit ne sont pas en mesure d'être diffusées. Claire bondit de sa chaise et crie à la censure de l'ORTF. Louis la fait asseoir, il souhaite en savoir plus car l'agitation est aussi forte chez les enseignants. À quarante-quatre ans, il est encore assez jeune pour souhaiter des réformes. Il a vu pendant la guerre de quoi les femmes étaient capables, surtout avec sa cousine Eugénie à la maison. Il trouve bien dommage qu'elles n'aient pas plus de place dans la société.

Chapitre 2

La veille au soir, à Paris, de violents affrontements ont eu lieu suite à l'évacuation de la Sorbonne par les forces de l'ordre. La population s'est jointe aux étudiants et des barricades commencent à être mises en place dans le secteur du Luxembourg. La police doit s'aider des grenades lacrymogènes pour en venir à bout.

Le bilan de ce premier jour d'émeutes est sévère. Près de six cents personnes sont arrêtées, les blessés atteignent presque les cinq cents, dont un tiers parmi les policiers. Ces compléments sur la journée du 3 mai parviennent à Toulon par la radio le samedi matin, tandis que la famille Jauffred prend le petit-déjeuner avant le départ au travail ou au lycée pour Alain.

Un peu plus tard pendant qu'Hélène met de l'ordre avant d'aller à la pharmacie, Alain rejoint ses copains au lycée Dumont d'Urville. Les commentaires vont bon train. Tous ont suivi l'actualité, quelques-uns se sont munis de l'édition du matin des journaux nationaux. De leur côté Louis et Claire, dans le ferry qui les emmène à La Seyne, ont une discussion agitée.

Mais le vacarme ne dérange personne car tout le ferry est en ébullition face aux événements parisiens. Arrivés en haut du cours Louis-Blanc, ils se séparent. Le père va enseigner la musique chez les maristes, c'est ainsi que sont surnommés les usagers de l'Institution Sainte Marie ; la fille, l'instruction civique aux élèves du lycée Beaussier. Elle s'engage dans la rue d'Alsace sur le minuscule trottoir qui longe l'immense mur de la cour des maristes. Puis elle remonte la rue Beaussier et débouche sur la placette. L'entrée des professeurs est celle du haut, mais en arrivant du port, c'est plus simple de passer par en bas avec les élèves. De nombreux groupes sont disséminés sur la placette et les filles et les garçons qui les constituent commentent vivement les images de la capitale.

Claire se faufile entre les groupes jusqu'au portail qui est fermé. Derrière, un surveillant attend le signal du surveillant général. Monsieur Bocchetti est en poste depuis dix ans et il est passé de surveillant à surveillant général depuis un an. Sa sévérité et son amour du règlement ne l'ont pas quitté, aussi les élèves l'ont-ils surnommé Salazar en référence au dictateur portugais. Lorsque Claire atteint le portail, Dominique, surveillant du jour, entame le geste de déverrouiller le petit portail pour laisser entrer la jeune remplaçante. Mais Salazar n'est pas loin et veille. Sa voix retentit, martiale.

— Mademoiselle Jauffred, vous avez peut-être l'âge de vos élèves, mais vous n'en devez pas moins passer par l'entrée des professeurs.

C'est une énième fin de non-retour. Claire sourit à Dominique qui a l'air désolé. Lorsqu'elle passe à proximité des lycéens les plus âgés, ils la taquinent :

— Vous avez redoublé la terminale combien de fois, mademoiselle Jauffred ?

Ou la soutiennent :

— Ne vous laissez pas mener par Salazar, mademoiselle, il est pire que le vrai.

Elle sourit, prend le virage vers la rue qui mène à l'autre portail en faisant virevolter sa robe. Les garçons de terminale vont encore faire des rêves érotiques où la prof d'instruction civique des collégiens sera leur tigresse. Le moins qu'on puisse dire, c'est que ça les change de la titulaire. Mademoiselle Ravel, surnommée « la bogue » en référence à une variété de poisson méditerranéen, la bogue ravelle, ale regard de la vivacité d'une ravelle après trois jours d'étalage, se moquent les lycéens. Mademoiselle Ravel est une célibataire de quarante — deux ans en état perpétuellement dépressif. Bourrée de calmants, elle traîne sa silhouette décharnée de classe en classe sans obtenir la moindre obéissance. De ce fait, chaque année ou presque, elle craque à la fin du premier trimestre et est remplacée jusqu'aux grandes vacances, pour le plus grand bonheur des terminales car les remplaçantes sont quasi toujours des jeunes filles sorties d'école qui s'essaient à leur premier poste. Les élèves le savent et tentent d'en profiter. Claire y a eu droit lorsqu'elle est arrivée en janvier. Jeune, jolie, coquette, elle n'est pas passée inaperçue. Les surveillants ont fait concurrence aux terminales pour lui conter fleurette. Elle a remis fermement toute cette assemblée de coqs à sa place et en a gagné leur respect. Ce fut plus compliqué avec les collégiens pas encore sensibles à sa féminité. Habitués au laxisme de Mademoiselle Ravel, ils avaient essayé de se comporter comme avec elle, chahutant et bavardant pendant le cours. Voyant ça, Claire avait laissé passer la première heure de chacune des classes pour prendre leur mesure. La semaine suivante, elle avait annoncé la couleur :

-— Nous allons reprendre les leçons de morale car il semble que pas mal d'entre vous en aient besoin. Aujourd'hui, le respect et la politesse. « Le respect est un sentiment qui traduit la considération que l'on a pour une personne, une chose ou une idée. On lui donne de l'importance. Il alimente la politesse qui est le savoir-vivre avec les autres. »

S'en est suivi toute une brochette de mises en situation que les élèves jouaient entre eux. Ils adorèrent le principe et cinq mois plus tard, elle fait ses cours dans des classes silencieuses et attentives. Par contre lorsqu'en avril, elle avait emmené ses classes dans la cour pour leur faire jouer des saynètes relatives à la circulation en ville à pied puis en vélo, Salazar déboula de son bureau les poings sur les hanches.

— Mademoiselle Jauffred, vous devez faire cours en salle. Vous n'êtes pas en séance de sport.

— Quel texte réglementaire le précise, monsieur Bocchetti ? Je rentrerai lorsque vous me l'aurez montré.

Et elle retourna à ses élèves. Salazar furieux remonta dans son bureau ruminer son humiliation. Pour le moment elle vient de rejoindre ses collègues dans la salle des professeurs. Tout le monde l'apprécie, elle a toujours le sourire et un petit mot pour chacun. Elle s'entend tout particulièrement bien avec monsieur Zedaure, le professeur de philosophie, peut-être parce qu'il a à peu près l'âge de son père. Elle se lance avec lui dans d'interminables conversations sur les problèmes du monde. Parfois, madame Caillol, la professeure de français, se joint à eux et monsieur Zedaure rend alors les armes face à deux féministes déterminées.

Bien entendu, aujourd'hui, lendemain des émeutes de la Sorbonne, les commentaires fusent de tous côtés et la salle des professeurs est emplie de leur brouhaha. D'ailleurs la cloche sonne le début des cours mais personne ne bouge car personne n'a entendu. Au bout de cinq minutes, Salazar fait irruption dans la salle. Tous les visages se tournent vers lui, interrogatifs.

— Il est 8 h 05, messieurs, dames. Vos classes vous attendent, annonce-t-il une voix glaciale.

Bien entendu, les 5e B n'ont pas la tête à intégrer les méandres des élections sénatoriales. Alors Claire déclare le cours ouvert au débat mais démocratique. Chaque élève a droit à quatre minutes maximum pour s'exprimer sur le sujet de la Sorbonne. Elle confie le contrôle du temps à Norbert, le plus timide de la classe. Il devra faire la loi face à ses camarades et il s'en sort très bien. Avec une autorité calme, il fait taire les bavards et encourage les réservés. Claire a visé juste et Norbert n'en revient pas. Elle applique la même méthode avec les 4eC puis les 6eA. Elle finit la matinée avec les 3e qui auraient dû faire un contrôle. Mais ils ont su à la récréation la teneur des deux premiers cours. Impossible de les asseoir avec une feuille. Ce sera donc débat aussi. Les adolescents ont déjà des idées bien arrêtées derrière lesquelles on sent l'influence des parents. L'heure de cours est dense et Claire est soulagée d'entendre la cloche sonner midi. Elle se faufile parmi les élèves, sort par le portail du bas sous le regard noir de Salazar. Louis l'attend devant les maristes. Il bavarde avec un parent d'élève, il a été prendre le pain à la boulangerie juste en face. Il sourit en la voyant venir vers lui. Depuis vingt et un ans, il est fier de sa fille, et ce n'est pas près de s'arrêter, se dit-il.

Mais il est temps de filer jusqu'au port pour ne pas rater le ferry, d'autant que le samedi il y en a moins. Ils descendent le cours Louis Blanc, entre les dernières ménagères flânant devant les étals du marché. Ils bifurquent à l'angle du marché aux poissons. Plus que la courte rue Cyrus Hughes et le quai apparait. Le ferry est là en train de se remplir de passagers. Ils sont à bord quand la cloche retentit annonçant le départ.

— Comment as-tu géré ta matinée ? questionne Louis qui se doute bien que Claire a fait face à des mini-contestataires tout comme lui.

Elle lui explique, ils parlent pédagogie, politique, syndicalisme. Il adore discuter avec elle, c'est comme avec sa mère, Lisandra, on peut aborder tous les sujets.

Chapitre 3

Pour un dimanche il y a beaucoup de monde et une effervescence inattendue dans la salle de réunion du commissariat central de Toulon. Le commissaire divisionnaire a reçu la veille dans la soirée le rapport de Paris sur les événements du 3. Toutes les grandes villes de province sont pré-alertées, le mouvement va sûrement s'amplifier, ils doivent être prêts. Alors il a convoqué tous ces hommes pour un briefing général, dimanche ou pas, il doit prévoir à l'avance.

D'autant qu'à Paris les étudiants ont créé de véritables groupes chargés de bloquer les issues qui auraient permis à la police d'approcher. Sur la grosse centaine de jeunes de ces groupes, une vingtaine était casquée et armée de barres de bois provenant du mobilier saccagé. Certes les rapports de police sont plus complets que les informations télévisées, mais les agitateurs ont leur réseau de diffusion et les villes étudiantes comme Aix-en-Provence ou Marseille vont sûrement calquer leur action sur celle de la capitale. Toulon a une université mais elle n'est pas à proprement parler une ville étudiante. Toutefois il ne faut présager de rien et le commissaire divisionnaire Marchetti, ce dimanche, prend le taureau par les cornes et avertit ses hommes.

Parmi eux se trouve un jeune inspecteur de vingt-quatre ans. Nommé à Toulon depuis deux ans après être sorti major de sa promotion, Nans Grimaud est originaire de Cotignac. Sa haute stature fait dépasser la masse de ses boucles brunes de la mer de têtes qui s'étale devant le commissaire. Monsieur Marchetti aime bien Nans, son sourire permanent et sa gentillesse l'ont fait apprécier de tout le commissariat rapidement. Les secrétaires en sont folles et il n'aurait pas besoin d'être aussi aimable pour avoir un dossier, il n'a qu'à leur sourire et elles accourent. Quant à ses collègues et ses supérieurs, ils ne peuvent que se féliciter d'un élément comme Nans. Il est d'une curiosité telle que tous les détails d'une scène lui sautent aux yeux et il n'a de cesse de les identifier l'un après l'autre dénichant ainsi des indices voire des preuves qui font avancer les enquêtes rapidement et efficacement.

Pourtant les nouvelles qui lui parviennent depuis quelques jours de Paris, l'inquiète. Les manifestations il n'en a pas encore connu. Toulon est une ville assez calme, la période d'après-guerre a été florissante, le paysage social est resté tranquille jusqu'ici. Autant il admet que pouvoir revendiquer des droits essentiels par la grève est compréhensible, autant il ne comprend pas ce que la violence peut apporter de plus.

Compte tenu de son âge, il a des amis, des cousins qui sont encore étudiants, il frémit en entendant ce qui est décrit par monsieur Marchetti. Il s'imagine dans une émeute face à son cousin Alexandre ou son ami Maxime. Que faire ? Tandis qu'il essaie de juguler son imagination, le commissaire est en train de conclure. Qu'ils se tiennent au courant de l'actualité et qu'ils soient là demain de bonne heure prêts à toute éventualité. Et si les jeunes peuvent avoir des infos ou si les parents d'étudiants entendent quoique ce soit, qu'ils n'hésitent pas en faire part à leur hiérarchie.

Nans pense à cette fille qu'il croise le matin. Elle descend la rue d'Alger avec un homme, son père très certainement, elle lui ressemble tant. Lui, il la remonte pour aller au commissariat. Elle est toujours en grande conversation avec l'homme et ne l'a jamais remarqué. Dommage, il aimerait tellement passer la main dans ses cheveux, une longue masse de mèches châtain foncé. Un matin il les a croisés à l'angle de la rue de la cathédrale. La largeur des deux rues laisse le soleil parvenir jusqu'au sol même le matin. Un rayon s'est posé sur la tête de la jeune fille teintant de reflets cuivrés la queue de cheval dansant au rythme de ses pas. Cette image le poursuit depuis et aujourd'hui il y repense et souhaite de toutes ses forces que la flamme qu'il a interceptée dans sa façon de parler au fil des jours ne la poussera pas à se mêler à des manifestations trop violentes.

— Nans, ohé, sur quelle planète as-tu atterri ?

Les collègues le rappellent à l'ordre ; ici pas de place pour la rêverie. Le commissaire leur a donné le feu vert pour rentrer chez eux. La plupart, attendus pour le repas dominical, sont déjà partis. Nans reste avec les célibataires qui n'ont pas de famille à Toulon comme lui. Ils vont vers la place de la Liberté, le café de la place est leur quartier général. La patronne les connait tous. Elle les voit arriver jeunes et fougueux, puis s'assagir au bout de quelques affaires un peu glauques, la plupart finissent par se marier et viennent moins souvent ou alors ils prennent juste un verre et filent à la maison. Elle les materne quand ils arrivent la tête basse parce qu'une enquête n'a pas abouti ou qu'une descente s'est mal passée. Elle trinque avec eux quand ils viennent fêter un joli coup de filet. Ce jour-là elle les interroge sur les événements de Paris. Pour qu'ils soient tous là un dimanche, c'est que les infos sont plus graves que ce que disent les journalistes de la radio et de la télévision. Mais comme d'habitude, quand il s'agit d'affaires sérieuses non clôturées, on n'en tirera rien. Malgré les verres qui défilent, ils savent garder la confidentialité de leurs infos.

Un collègue, que Nans n'a pas vu depuis un moment, change de sujet :

— Alors, Nans, toujours célibataire ? Tu vas bientôt coiffer Sainte-Catherine non ?

La remarque fait glousser le groupe et rougir Nans qui était encore parti dans ses pensées. Du coup il se fait taquiner par tout le monde et est sommé d'avouer tous les détails de ce qu'ils croient être une rencontre. Le jeune inspecteur s'en sort avec une pirouette et avec un prétexte évasif s'en va. Nans marche dans les rues de Toulon. Il est 12 h 30, les rues sont désertes. Il fait beau, les fenêtres sont ouvertes et on entend les conversations, les rires des repas de famille.

Nans est nostalgique. Depuis qu'il a quitté Cotignac pour suivre ses études de droit à Aix, puis l'école de police, enfin pour s'installer ici, il ne va plus très souvent chez ses parents. Les grandes tablées de cousins, d'oncles, de tantes, où toutes les générations sont représentées lui manquent.

On est à peine début mai, il n'est pas sûr de pouvoir se libérer pour le 14 juillet, alors il faudra attendre la deuxième quinzaine d'août généralement laissée aux célibataires. Si seulement il avait une fiancée, il pourrait s'intégrer à sa famille.

Il vient de traverser la place Puget, de la musique vient du bâtiment face à la pharmacie. C'est de la lyre on dirait. Le jeune homme s'arrête, s'appuie à la margelle de la fontaine et écoute. Les notes coulent cristallines, il ne reconnaît pas le morceau mais apprécie. La mélodie est joyeuse et agit comme un baume sur ses idées noires de solitude. Il reprend son chemin le cœur plus léger jusqu'à la rue des Boucheries où il occupe en appartement minuscule au quatrième sous les toits.

Toutefois, lorsqu'il tourne au coin de la rue, il aperçoit un groupe qui semble être à la hauteur de son immeuble. Intrigué il les observe et tout à coup son visage s'éclaire. Les cousins de Correns ! Que font-ils là ?

Après les exclamations, les embrassades, Nans propose aux quatre jeunes gens de monter partager son déjeuner. Une fois installés, les cousins expliquent leur présence à Toulon :

— On est descendu hier pour fêter l'enterrement de la vie de garçon de Joseph Desnoix, tu sais, le fils du cordonnier.

— Mais pourquoi à Toulon ?

— En fait c'était à La Seyne, il travaille au chantier naval comme métallurgiste. Il se marie avec une fille des Sablettes.

La conversation se poursuit avec des nouvelles de toute la famille. Puis inévitablement elle dérive sur l'actualité. Les jeunes du centre Var sont excités comme des mouches un soir d'orage à l'idée d'imposer des idées progressistes à la France vieillissante et au général de Gaulle dont beaucoup trouvent la politique obsolète. Intrigué Nans leur pose des questions plus précises. Il apprend ainsi que la jeunesse des villages des campagnes était prête à venir à Toulon si une grande manifestation comme celle de Paris avait lieu. Un peu plus tard il apprend également que les ouvriers des chantiers commencent à se chauffer et envisagent de suivre le mouvement étudiant.

Nans, tout à son esprit de policier, range mentalement ces informations dans sa mémoire. Son chef sera heureux d'en être informé dès lundi matin. Ainsi pour anticiper les éventuelles manifestations, leurs membres, leur objectif et évaluer par la même leur nombre. Car de l'ampleur du mouvement dépendra la violence des comportements et donc la taille du dispositif policier.

En fin d'après-midi il accompagne les cousins à la gare. Nans est doublement content de sa journée : il a passé un bon moment en famille et obtenu des renseignements précieux sur l'atmosphère varoise. Il allume la radio et met le hit-parade. La chanson de Jacques Dutronc, *Il est 5 h, Paris s'éveille*, est dans le trio de tête. Pourtant, se dit Nans, ils sont bien réveillés les Parisiens. Johnny Hallyday a gagné des places, son titre « à tout casser » est troisième. Nans se laisse gagner par le rock.

Chapitre 4

Lundi 6 mai 1968

Ce lundi les activités de chacun reprennent comme à l'accoutumée. Pourtant il flotte dans l'air tiède du printemps comme une odeur de poudre. Au lycée, Claire entend les professeurs s'accorder de plus en plus avec les réclamations estudiantines de la Sorbonne. Elle intercepte le long des couloirs, dans les groupes disséminés dans la cour et le préau, des conversations enflammées. Une seule étincelle et la révolte gagnera la province. Dans l'établissement voisin, la respectable et catholique institution Sainte-Marie, les propos sont moins francs, moins houleux. Toutefois Louis pousse ses collègues dans leurs retranchements et ils finissent par avouer que, oui, ils n'ont pas tort ces jeunes, ce qu'ils réclament est légitime. Les opinions sont moins définies chez les élèves. Issus en majorité de famille de cadres supérieurs, médecins, patrons, commerçants, les garçons des maristes sont plus préoccupés par leur avenir professionnel et matériel que par des revendications syndicales.

Au commissariat, les gars ont fait le point avec le patron dès huit heures puis se sont dispersés qui a son bureau, qui en ville. Nans a reçu pour mission de sillonner le marché du cours Lafayette en laissant traîner les yeux et les oreilles tous azimuts. En traversant la place Puget, il repense aux morceaux de lyre de la veille, quel bon moment c'était. Puisqu'il passe devant la pharmacie et qu'il est encore tôt pour le marché, il entre pour acheter une pommade qu'il affectionne et dont il va manquer. Elle n'a pas son pareil pour calmer le feu du rasoir.

— Bonjour, Monsieur Grimaud. Pas de service aujourd'hui?

La femme qui le sert le connait bien depuis deux ans qu'il s'approvisionne ici. Elle doit avoir la quarantaine et son sourire doux illumine son visage régulier entouré d'un carré de cheveux châtain toujours impeccable. Au moment où elle va lui rendre sa monnaie, une jeune fille entre en coup de vent dans la pharmacie.

— Maman, je commence à dix heures aujourd'hui, tu veux que je te fasse quelque chose en attendant?

Tandis que la pharmacienne, confuse, excuse sa fille, Nans ouvre des yeux stupéfaits. La jeune fille qui descend la rue d'Alger le matin avec son père c'est la fille de la pharmacienne! Mentalement il associe la tignasse brune de Louis et le fin carré châtain d'Hélène et obtient la masse châtain foncé aux reflets cuivrés. La jeune fille lui sourit fugitivement et se tourne vers sa mère dans l'attente d'une réponse.

— Je finis avec Monsieur et je te réponds, ma chérie. Voilà votre monnaie, monsieur Grimaud, bonne journée.

— Merci, bonne journée madame, mademoiselle.

Il la regarde bien en face en la saluant. Elle ne lui prête qu'une seconde d'attention et suit sa mère. Nans est sur un nuage, il en sait un peu plus sur la belle inconnue. Il sait aussi qu'elle ne regarde pas les garçons…

Ce en quoi il se trompe car Claire est précisément en train de questionner sa mère.

— Tu as l'air de bien le connaitre ce monsieur Grimaud?

— Ça fait deux ans qu'il vient. À force de petites conversations, les clients habitués deviennent plus familiers.

— Remarque, il y a pire comme habitué. Il est plutôt mignon celui-là.

— Claire ! Les garçons ne sont pas des marchandises !

— Les filles non plus, et pourtant quand tu entends les garçons parler de nous on les croirait à la criée. Il fait quoi, ton beau client ?

— Il est dans la police, inspecteur sûrement car il est toujours en civil.

— Beurk ! Un flic ! Bon, je file à la maison te faire un brin de ménage. À ce soir, maman.

Et elle disparaît en direction de la fontaine. Hélène soupire, avec le caractère réactionnaire qu'elle a, Claire n'est pas près de trouver un garçon qui la supporte.

Pendant ce temps à Paris, les huit étudiants de la Sorbonne convoqués en conseil de discipline s'y rendent accompagnés de professeurs de Nanterre. Leurs camarades étudiants réagissent aussitôt en se rassemblant dans de violentes manifestations. Des barricades sont levées, les pavés volent, les étudiants affrontent les forces de l'ordre dans de véritables batailles rangées. Alors que le calme revient à peu près, on annonce que des peines de prison seront requises contre les manifestants. Les violences reprennent de plus belle. Les slogans libertaires commencent à habiller les banderoles, à être tagués sur tous les supports rencontrés.

Ainsi peut-on lire « CRS = SS », slogan qui sera scandé dans toutes les manifestations par la suite. Après les premières barricades du 3 mai, les manifestants ont découvert sous les pavés la couche de sable sur laquelle ils reposaient. Ce qui a donné le slogan « sous les pavés, la plage ». En tête des barricades, on affiche « la barricade ferme la rue, mais ouvre la vie ». Le soir quand les slogans apparaissent sur le petit écran, ils sont largement commentés. Ce qui donne une idée à Claire qui attrape une feuille et un crayon et se met à les noter.

— Tu vas faire un recueil de slogans révolutionnaires, demande Alain taquin.

— Non, je vais les faire expliquer et commenter par mes élèves dès demain. Ça les fera réfléchir un peu.

— Bonne idée, approuve Louis.

— Papa, tu devrais leur faire jouer l'internationale à tes élèves, c'est de circonstance, non ? Suggère le frère.

— Voyons, Alain… Gronde Hélène.

— Non, reprend Louis, ce n'est pas une mauvaise idée. Mais je dois en parler au directeur d'abord. Un hymne communiste dans une école religieuse, il y a de quoi se faire excommunier, plaisante-t-il.

Chez Nans, la vision des barricades n'est pas ressentie de la même manière par les quatre policiers réunis dans la pièce à vivre. Le bilan annoncé par le patron au briefing de ce soir est terrible. Plus de trois cents policiers ont été blessés au cours de cette seule journée. Les forces de l'ordre ont procédé à plus de quatre cents arrestations. Les cellules des commissariats de la capitale sont bondées. La crainte d'une autre journée de ce type est grande. Et l'extension à la province semble inéluctable. Déjà à Strasbourg et à Brest les manifestations de soutien ont eu lieu. Le commissaire Marchetti n'a pas réussi à masquer son inquiétude en ce qui concerne Toulon. Les policiers disséminés en ville ont rapporté des éléments alarmants. Les lycées Dumont d'Urville, Bonaparte, Rouvière pour Toulon, Langevin et Beaussier à La Seyne s'agitent de plus en plus. Et, plus grave, les chantiers navals de la Seyne commencent à réunir leurs représentants syndicaux en ville le soir. Alors ce soir en sortant les quatre jeunes inspecteurs n'ont pas eu envie de se retrouver seuls chez eux avec leurs pensées. Ils ont décidé de dîner ensemble et comme le logement le plus proche est celui de Nans, ils y sont allés après avoir fait provision de victuailles en passant chez l'épicier du petit cours deux rues au-dessus. Au lieu d'allumer la télévision et de regarder les déprimantes actualités, ils ont mis la radio. Malheureusement les événements de Paris avaient pris le dessus des programmes prévus et des débats aussi vindicatifs que stériles monopolisent les ondes. Découragés ils attaquent leur provision de bière lorsque soudain Nans, affalé sur l'unique fauteuil du salon, bondit sur ses pieds et se dirige vers la chambre. Ses copains l'entendent farfouiller en pestant puis il revient avec une petite valise à la main et des pochettes sous le bras.

— Le tourne-disque ! Géniale idée qu'as-tu comme disque ?

Roland se saisit de la pile de doubles 45tours et les examine.

— Du jazz, sympa. Richard Anthony, Johnny Hallyday, les Beatles...

— Pas mal, s'écrit Giacomo. Vas-y commence par Johnny.

Les quatre garçons passent la soirée en musique et oublient le temps de quelques heures la situation critique de leurs confrères parisiens et la perspective qu'elle va devenir la leur d'ici peu. Vers 23 h les trois copains un peu éméchés sortent pour regagner leurs logis respectifs.

— Il ne manquait que des filles, conclut Michel aussitôt approuvé par ces compères.

Chapitre 5

Ce matin sur le ferry qui les emmène à La Seyne, Louis trouve sa fille bien taciturne. En effet, depuis qu'ils ont quitté l'appartement de la place Puget, Claire a dû prononcer deux phrases, et encore c'était pour répondre à son père. Elle d'habitude si volubile est aujourd'hui plongée dans une profonde réflexion.

— Claire, ce sont les événements de Paris qui te tracassent, s'inquiète Louis.

La jeune fille émerge de sa rêverie et répond honnêtement à son père.

— Bien sûr, je me pose plein de questions. On en a déjà discuté. Il y a plein de sujets sur lesquels ils ont raison. Comme la réforme du système universitaire ou la crainte de sombrer dans une société de consommation à outrance et puis le droit des femmes…

La phrase reste en suspens, ces derniers mots semblent faire écho à quelque chose qui la tracasse. Louis veut l'aider mais si c'est un problème de femme, il a peur d'être maladroit.

— Si quelque chose d'autre te préoccupe, tu peux m'en parler. Je te promets de ne pas être ringard, ajoute-t-il en souriant tendrement à son aînée.

Il revoit ce jour de février 1947 où la sage-femme a posé dans ses bras un petit paquet rose d'où émergeait une frimousse endormie. Sa fille. Le bébé d'Hélène. Il n'aurait jamais pensé que le bonheur puisse être ailleurs que dans la musique. Puis il y avait eu Hélène sur le quai de la gare en 1945, Claire en 47, Alain en 49.

Et Louis avait ajouté la famille à sa notion du bonheur. Sa mère, Lisandra, une flûtiste de l'Opéra de Toulon, lui avait appris que la famille passe avant tout, mais qu'il fallait parfois lui forcer un peu la main. C'est ce qu'avait fait sa cousine Eugénie dont il est encore très proche. Comme Lisandra elle a quitté sa famille jeune pour vivre sa passion pour la musique et l'amour avait été au rendez-vous. Lisandra avait rencontré Uguet, Eugénie avait connu Julien dans la Résistance. Peut-être Claire avait-elle rencontré quelqu'un ?

— Tu n'es pas ringard, papa ! Mame2 Lisandra et toi êtes les gens les moins ringards que je connaisse chez les plus vieux que moi. Et Eugénie aussi !

Le ferry arrive au port de La Seyne, il est 8 h 55. Le moment n'est plus au bavardage. Ils ont juste le temps de remonter au travers des ruelles du centre vers leurs lycées respectifs. Ils se séparent à l'angle du cours Louis Blanc et de la rue d'Alsace.

— Fais-moi penser à prendre une brioche en plus du pain ce soir, dit Louis avant de partir vers la monumentale porte des maristes, demain c'est férié.

Et la tradition dans la famille Jauffred c'est le petit-déjeuner avec brioche les jours fériés. Lisandra la confectionnait elle-même en mettant la pâte à lever la veille derrière la vitre du salon toujours inondée de soleil. Hélène ayant des horaires chargés en journée ne peut guère trouver le temps de faire de la pâtisserie, aussi Louis est chargé de ramener la fameuse brioche chaque veille de jour férié.

---

2. « Mamie » en provençal.

Claire retrouve l'effervescence de la salle des professeurs. Elle salue tout le monde et engage la conversation avec Madame Ollivon, professeure d'économie. La jeune remplaçante profite des connaissances de sa collègue pour lui demander son point de vue sur la situation économique de la France. Les manifestants disent-ils vrai?

— Tu sais, Claire, la prospérité qui a suivi la guerre est aujourd'hui en train de se terminer. Et pire encore, la société de consommation que nous avons créée a engendré une production internationale des produits. Ce qui oblige les pays européens à abolir ou réduire les protections douanières. Du fait la situation économique française, en subissant la concurrence extérieure, s'est dégradée. Des usines ferment, on ne le voit pas encore ici, mais dans le Nord et l'Est la métallurgie et le textile ont mis des milliers de gens au chômage. Le gouvernement a dû créer un organisme de gestion pour eux et une allocation qui permet aux plus pauvres de survivre en attendant de retrouver du travail.

Madame Ollivon et Claire gagnent leur classe en finissant d'échanger leurs idées. Claire doit poursuivre aujourd'hui les commentaires de slogan. Elle prévoit d'expliquer aux collégiens, qui n'ont pas encore de cours d'économie, le contexte actuel de la France pour que ces futurs travailleurs soient conscients de leur pouvoir en tant que consommateur et de leur vulnérabilité en tant qu'employé.

Le mardi est une journée légère pour Claire. Elle commence à neuf heures et l'après-midi à treize heures, elle a une heure libre de quinze heures à seize heures. En général elle la met à profit pour corriger des copies ou préparer des exercices. Parfois elle va à la bibliothèque du lycée et se plonge dans un roman ou dans la presse. Si elle se sent oisive, elle sort et fait un petit tour des boutiques du centre-ville. Aujourd'hui rien ne la tente, de plus il fait beau, le vent qui a soufflé ses derniers jours est tombé. Elle choisit de lézarder au soleil. Elle traverse la cour déserte en direction du muret qui s'adosse à la colline des Quatre Moulins. D'un geste souple elle se hisse sur le muret appuie son dos au mur du bâtiment de la cantine. Elle pose son sac à côté d'elle mais ne l'ouvre pas, elle replie les jambes, les recouvre de sa jupe, noue ses mains autour de ses genoux et ferme les yeux. Elle sait que Salazar la regarde de la fenêtre de son bureau mais il ne peut rien dire. En dehors des récréations le règlement ne prévoit pas que les professeurs soient ailleurs qu'en cours. Il est donc interdit aux élèves d'être à l'extérieur des bâtiments mais pas aux professeurs. Claire savoure la chaleur des rayons sur son visage, ses bras. Une douce torpeur l'envahit. Son esprit vagabonde dans la campagne des moments heureux de sa courte vie. Soudain un sourire apparait dans les images floues du film de sa mémoire. Ce sourire la trouble, cela fait plusieurs fois qu'il vient la surprendre depuis peu. Mais elle ne l'identifie pas.

Chapitre 6

Décidément, il sera dit que Nans ne profitera pas beaucoup du mois de mai cette année. Après la matinée de dimanche pour le débriefing des événements parisiens, il passe son jour férié au commissariat. C'est son tour d'être de permanence en binôme avec un agent. Ce dernier prend les mains courantes pour tous les petits incidents que signalent les citoyens de la ville par téléphone ou de vive voix. S'il faut se déplacer pour intervenir sans danger c'est l'inspecteur qui y va. S'il se passe quelque chose de plus grave c'est l'inspecteur qui décide d'appeler les renforts ou de rendre compte au commissaire qui décidera.

En général il ne se passe pas grand-chose et c'est surtout l'agent qui est occupé. Nans en profite pour avancer les tâches administratives qu'il délaisse en semaine faute de temps. Rédiger un rapport s'avère parfois fastidieux mais le taper à la machine est systématiquement un calvaire pour les policiers, quel que soit leur grade. Nans s'attaque donc au rapport qu'il a fini de rédiger la veille au brouillon. À peine dix minutes qu'il tape et le ruban lâche. Il faut le changer. Pour cela il faut sortir la feuille, ouvrir le capot, démonter le rouleau usagé, en trouver un neuf dans l'armoire à fournitures, véritable caverne d'Ali Baba, le monter, fermer le capot et, cerise sur le gâteau, réinsérer la feuille en la positionnant exactement où elle était pour que l'écriture se poursuivre sur la même ligne. Vingt minutes plus tard, la feuille est en place, Nans les nerfs mis à rude épreuve par le dépannage va nettoyer ses doigts maculés d'encre noire et rouge.

Il reprend son rapport et, maintenant que le ruban est neuf, il avance vite. Personne ne l'interrompt de la matinée. À midi, satisfait et soulagé il tape le point final, sort la feuille, agrafe la liasse et signe la dernière feuille avant de déposer le rapport et toutes les pièces justificatives sur le bureau de son supérieur. L'affaire Berthier est résolue, les faussaires sont en prison et attendent leur procès.

Privilège de l'inspecteur, il déjeune en premier et a droit à une heure alors que l'agent devra se contenter de trente-cinq minutes. Une fois dans la rue, il se dirige vers le bar de la place de la Liberté où un plat du jour l'attend. Aujourd'hui ce sera de la morue à la mode de Besagne. La place de Besagne est située au centre de Toulon près de la porte d'Italie et du stade Mayol. La morue y est préparée comme les femmes du quartier l'ont toujours fait. Le filet de morue après avoir été dessalé est mijoté dans une sauce tomate avec des échalotes et des câpres. Servi avec des pommes de terre en robe des champs, c'est un délice. Nans se laisse dorloter par la patronne qui a un faible pour lui car il a la même tignasse que son pitchoun qui est parti étudier à Toulouse. Après la morue elle lui apporte d'autorité une part de tarte au citron meringuée. Nans est repu et a plus envie de faire la sieste que d'aller remplacer l'agent. Il traîne devant son café. Il rêvasse un tournant sa cuillère dans sa tasse alors qu'il n'a pas mis de sucre.

Les reflets cuivrés viennent danser devant ses yeux. Il sourit. Qu'est-ce qu'elle est belle ! Elle a l'air si déterminée le matin quand elle discute avec son père. Elle doit avoir du caractère. Tant mieux se dit Nans, je n'aime pas les mollassonnes qui sont toujours d'accord avec leur petit ami. Que peut-elle bien faire comme métier ? Il a eu plusieurs fois envie de les suivre dans la rue d'Alger pour savoir où ils allaient ensuite. Il n'avait jamais osé le faire.

Bon sang, il est 13 h 15, il faut que j'y aille ! Maïté, l'addition s'il te plaît.

Heureusement que Maïté a une part de morue de côté, sinon l'agent est bon pour aller jusqu'à la gare se chercher un sandwich car en ce jour férié les cabanes à sandwiches de la place d'Armes sont fermées.

Un peu d'animation vient rompre la monotonie de ce dimanche. Après les cérémonies célébrant la signature de l'armistice de 1945, un groupe est resté à proximité du monument commémoratif et, munis de nombreuses bières, les jeunes hommes le composant ont fêté à leur manière la fin des hostilités. Lorsque, quelque deux heures plus tard, un passant, choqué de les voir affalés devant le monument, leur a dit d'aller se saouler ailleurs, ils ont réagi violemment. C'est un habitant du quartier alerté par les éclats de voix qui avait appelé le commissariat. Nans demande par radio à la voiture de patrouille de se rendre sur les lieux. Les deux agents demandent un supérieur car l'un des jeunes gens se trouve être le fils d'un notable membre du conseil municipal et il menace de faire connaitre au maire les noms des agents venus les sermonner. Nans se rend alors sur place. Les quatre jeunes ont à peu près le même âge que lui. Il prend son air le plus sévère et intransigeant pour les calmer et mettre fin à l'altercation.

— Si vous ne vous calmez pas, je vous embarque pour ivresse sur la voie publique et je vous colle au trou pour vingt-quatre heures, fils d'élu ou pas. Votre père viendra vous chercher puisque vous êtes le seul à ne pas avoir vingt et un ans.

La remarque fait mouche et le jeune impertinent se tait aussitôt. Les autres ont aussi compris le message et filent. Nans prend son temps pour revenir au commissariat. Il est 17 h quand il y arrive, dans une heure la relève arrive, et il pourra rentrer chez lui. C'est compter sans le divisionnaire Marchetti qui vient de recevoir des informations sur les manifestations dans l'ouest de la France. Les villes universitaires s'agitent aussi depuis quelques jours et la journée du 8 mai tombe à pic pour rassembler du monde sans sanction financière.

C'est donc que le mouvement gagne du terrain. Marseille et Aix ne sont pas encore sorties dans la rue mais les réunions syndicales se multiplient et d'ailleurs les représentants de l'éducation nationale se sont réunis ce jour même.

Le commissaire souhaite faire le point et à défaut de réunir tous ses gars, il réquisitionne Nans. La démarche intellectuelle de son supérieur est intéressante à explorer et le jeune inspecteur en tire grand profit. Il ne peut rentrer chez lui qu'à 22 h passées. Il meurt de faim mais comme personne ne l'attend, il ne regrette pas une seconde la soirée.

Nans chemine tranquillement dans les rues de Toulon. Il sifflote l'air de la chanson de Tom Jones, Delilah.

Claire, elle, a passé la journée au Mourillon chez les Mesnard. Il y avait Eugénie et Julien, bien sûr, mais aussi Auguste et Violette. Elle adore les écouter raconter des anecdotes de la Résistance. Julien et Auguste étaient chefs du maquis et Eugénie les a aidés. Ils ont vécu des choses incroyables. Pour prolonger le bien-être de la journée, Claire a préféré revenir à pied. Il n'est pas tard, il fait bon. Elle vient de passer devant un bar dont le juke-box joue

Twist à Saint-Tropez des Chats sauvages. Elle adore le twist et cette chanson. Depuis des années elle la danse dès qu'elle le peut avec son frère. Ils sont parfaitement accordés sur ce rythme. Elle fredonne l'air. Soudain l'envie est trop forte. Elle regarde autour d'elle, la rue est déserte. Elle ne peut pas voir Nans dans la partie non éclairée. Elle esquisse quelques pas sur le parvis de la cathédrale éclairé comme en plein jour. Puis elle redresse la tête pour poursuivre son chemin et voit Nans qui est sorti de l'obscurité. Elle a un début de honte puis se dit :

— Oh, flûte ! J'ai le droit de danser dans la rue la nuit.

Mais dix secondes plus tard, ils arrivent suffisamment près pour se reconnaître. Nans, heureux de découvrir la jeune fille dans un moment naturel, lui adresse un grand sourire. Claire, mortifiée d'être vue dans ce moment ridicule parce… flic, a la sensation d'une douche froide. Il la salue chaleureusement.

— Bonsoir, mademoiselle, belle soirée non ?

Le bonsoir qu'il obtient en retour est bref et glacial. Visiblement la jeune fille est soit très timide soit il ne lui plaît pas du tout. Bien que ce qu'il a observé jusqu'ici montre plutôt le contraire, il décide qu'elle est timide. Ça l'arrange.

Chapitre 7

Claire est de mauvaise humeur ce matin. Pourtant il n'y a pas cours, il fait beau, elle s'est réveillée après une bonne nuit de sommeil. Et quelque chose qu'elle n'identifie pas la contrarie et tout le monde en profite sauf Hélène qui est à la pharmacie. Alain se prend une réflexion parce qu'il fait du bruit en tournant sa cuillère dans son bol. Louis reçoit une réponse sèche et agacée quand il demande si sa journée d'hier s'est bien passée.

— Si tu avais été à une soirée, j'aurais juré que tu avais fait tapisserie pour avoir une humeur de dogue comme celle-là, conclut son frère après une seconde réplique désagréable.

— Ma chérie, tu devrais aller faire un tour au Faron, ça te ferait le plus grand bien.

Louis connait les vertus thérapeutiques d'une montée des pentes du Faron sur les humeurs des femmes. Sa mère le pratiquait quand elle habitait Toulon. Eugénie, la nièce de sa mère, s'y adonne toujours et pas seulement en souvenir de ses missions de résistante. Claire aussi a pris cette habitude à l'adolescence et ça lui réussit autant qu'aux femmes de la famille venues de Corse.

— Tu as raison, je prends un casse-croûte et j'y vais. Bonne journée les garçons.

Le Faron surplombe Toulon du haut de ses presque six cents mètres. Pour y accéder, on a le choix entre une petite route qui y monte en serpentant, le téléphérique qui permet d'admirer la vue sur la rade. Claire choisit le sentier pédestre qui débute au pied du téléphérique. L'ascension des pentes du Mont Faron est physique. Le sentier qui chemine côté sud est cailouteux et pentu. Le soleil de mai chauffe déjà bien. À mi-pente elle attache son gilet autour de sa taille, avale une goulée de sa gourde d'eau fraîche et poursuit. La végétation est un enchantement pour les yeux. Le camaïeu de couleur formé par les différentes espèces est un régal. Il y a le rose violent des valérianes, les différents jaunes des genêts, des ajoncs aux fleurs identiques mais petites et entourées de piquants chez l'un, grosses sur des tiges souples chez l'autre. Près du sol on trouve le bleu indigo du lavandin qui distille son parfum dès qu'on l'effleure. Plus bas encore on découvre les petites fleurs rose pâle du thym, un peu en avance, qui embaume le chemin si par hasard le pied s'y pose. Claire s'enivre de tous ces parfums, de toutes ces couleurs, au passage elle attrape une tige de fenouil tout frais poussé et le mâchouille. Le goût d'anis envahit sa bouche et lui rappelle les repas chez sa grand-mère Lisandra à Salernes. Mame Lisandra cuisine le fenouil comme personne. Son pesto de fenouil frais tartiné sur des croutons grillés fait une dure concurrence à l'anchoïade de Lisabeu3, sa belle-sœur. Quant aux *canistrellis* fenouil-citron qu'elle prépare quand le fenouil est tout juste sorti, c'est un régal pour toutes les générations corses ou varoises.

Arrivée au sommet elle laisse le parking aux promeneurs et grimpe encore un peu. Du haut de la barre rocheuse, elle domine l'ensemble du paysage. D'un côté la ville, le port, la rade et au loin la presqu'île de Saint-Mandrier. Elle fixe les toits de tuiles roses de La Seyne et essaie de repérer le long bâtiment du lycée. Derrière elle, la vue s'ouvre sur le

---

3. « Elisabeth » en provençal. Se prononce « Lisabéou ».

hameau de Dardennes, le village du Revest dans le fond du vallon puis le relief remonte vers le Mont Caume et le plateau de Signes. Elle entend Auguste et Julien raconter les convoyages de vivres au nez et à la barbe des Allemands et Eugénie raconter le sabotage du bunker protégeant la rade par son armement le jour du débarquement. Elle avait peut-être sauvé Tonin et Piero d'une mort atroce en empêchant les Allemands de tirer sur les alliés. Mais le souvenir de la journée d'hier la ramène à la soirée et à la rencontre dans la rue de la cathédrale. Elle doit avouer que, pour un policier, il a du charme. Un sourire rêveur se peint sur son visage. Mais quelle idée de faire ce métier de sauvages qui ne pense qu'à réprimer, punir, sévir, emprisonner, tabasser. Non, décidément, les flics lui font horreur. Mais le sourire chaleureux de Nans plane au-dessus du Faron.

Chapitre 8

Nans a sous les yeux les chiffres des diverses manifestations ayant eu lieu en France depuis lundi. La première réflexion qui lui est venue à la lecture des dégâts matériels et humains était :

— N'en déplaise à certaines demoiselles, les sauvages dangereux sont plus les étudiants et les autres manifestants de tout poil que les policiers.

Bien entendu son vocable « certaines demoiselles » vise Claire. D'ailleurs il ne comprend pas pourquoi elle a une attitude aussi glaciale. Il ne lui a fait aucune réflexion déplacée, encore moins un geste. Il a juste été poli et un peu flatteur. Alors qu'elle, à chaque fois, s'est contentée de le saluer par politesse mais sur un ton à faire givrer une piscine dans le désert. Son incompréhension est totale. Mais malgré cela, il meurt d'envie de la revoir.

— Grimaud, téléphone !

Nans redescend brutalement sur terre et saisit le combiné qu'on lui tendait.

Le vendredi est une grosse journée pour Claire. Elle a cours de 8 h à 12 h, puis de 14 h à 18 h et, entre 13 h et 14 h, elle participe aux séances de soutien scolaire. Elle fait donc les trajets seule car son père n'a pas les mêmes horaires. Afin de ne pas avoir à parler neuf heures d'affilée, elle intercale les contrôles pendant lesquels elle prépare d'autres cours. À 13 h cette semaine elle retrouve les élèves de première qui ont besoin d'aide pour le bac de français. Elle est surtout sollicitée par les garçons qui rédigeraient volontiers trois dissertations pour avoir un compliment de sa part. Elle s'est assise à une table qu'entoure un petit groupe de trois garçons et une fille. Ils ont du mal à s'en tenir à la structure introduction-thèse-antithèse-synthèse-conclusion. Alors Claire explique, argumente. En face d'elle quatre visages hermétiques commencent à penser à autre chose. Claire s'interrompt soudain en plein milieu d'une phrase récupérant ainsi l'attention des jeunes gens surpris.

— Bon, je vous donne un exemple trivial. Si vous ne comprenez toujours pas, j'abandonne. Supposez qu'un nouveau surgé — elle emploie l'abrégé de surveillant général volontairement pour rester dans leur vocabulaire — arrive. C'est une femme — pour toi, Aline, ce sera un homme —, jeune, jolie, de belles formes, des tenues à la mode. Sujet de la dissertation : quel doit être mon comportement ? Intro : je suis étudiant en première, une surgé bombasse vient d'arriver. Thèse : je la drague, au mépris du règlement. Antithèse : je respecte sa fonction et oublie son physique. Synthèse : je peux lui faire des compliments à l'extérieur mais rester correct dans le lycée. Conclusion avec ouverture : il est très difficile d'avoir des relations hiérarchiques saines dans certains cas. N'est-ce pas le cas lors du harcèlement sexuel ? Alors ? Vous avez compris cette fois ?

Les adolescents, encore rêveurs, font le lien entre les formes généreuses du nouveau surveillant général et la notion de thèse-antithèse. Aline réagit la première puis les garçons un après l'autre. Enfin ils ont saisi. Mais Claire a appris la méfiance depuis qu'elle enseigne aussi préfère-t-elle vérifier.

— Donnez-moi un exemple du même genre pour que je vérifie.

L'un lui parle de bolides, le second de plats cuisinés, Aline de quel métier choisir et enfin le quatrième larron, lui, utilise l'actualité et décline la thèse de la grève générale contre celle de la réforme spontanée. Du coup ils engagent la conversation sur les motifs du mouvement estudiantin. Claire s'aperçoit que ses idées sont proches de celles des élèves et vont dans le sens des réformes réclamées. Plus tard, à la récréation, elle en discute avec Monsieur Zedaure, Madame Caillol et Madame Ollivon. Elle constate que les professeurs plus âgés ont eux aussi les mêmes idées avec des arguments plus étayés par l'expérience certes mais similaires aux leurs.

Lorsqu'elle reprend le ferry à 18 h 30, elle repense à tous ces échanges et se dit qu'il faut que toute la France se mobilise et obtienne ces réformes essentielles. Il est tard quand elle remonte la rue d'Alger. Elle est déserte mais Claire en a l'habitude. Elle l'a fait cet hiver alors qu'il faisait nuit, alors en mai avec le soleil… À hauteur de la rue du Canon, il y a une petite place. La rue du Canon abrite les bars à marins et les maisons de plaisir à l'usage des désœuvrés en escale. À l'angle de la placette, trois jeunes hommes en civil à l'air bien éméché interpellent Claire à moitié en français, à moitié en anglais. Elle ne répond pas, ne tourne surtout pas la tête et accélère imperceptiblement.

— Pourquoi vous *hurry*, miss ? fait l'un.

— *Wait*, je veux vous, dit l'autre.

Ils se lèvent et se dirigent vers elle. Claire commence à paniquer. Ils sont trois, jeunes et costauds, elle n'a aucune chance. Impossible de courir sur les pavés avec des talons hauts. Elle jette un coup d'œil en arrière, ils sont à deux mètres d'elle. Soudain une voix forte retentit derrière.

— Vous avez besoin d'aide, messieurs ?

Les quatre protagonistes se figent et se retournent face à un grand gaillard à la tignasse de généreuses boucles brunes, bien campé sur ses jambes, qui soulève négligemment le pan droit de sa veste afin de découvrir un holster garni d'une arme. Les trois inconnus s'engouffrent en courant dans le passage vers l'autre rue qui est juste à leur hauteur. Claire vacille de soulagement. Nans la rejoint en trois enjambées et la soutient. Elle se laisse aller contre son bras, tellement contente qu'il soit apparu au bon moment. Nans est aux anges. Jouer les chevaliers sauvant leur belle est toujours un rôle avantageux, quelle que soit l'époque. Mais déjà elle redresse le buste puis la tête. Elle ouvre la bouche pour parler, il la devance. Posant sa main sur le bras qui repose encore sur le sien, il propose.

— Je vous raccompagne jusqu'à votre porte. Où habitez-vous ?

— Ce ne sera pas nécessaire, j'habite place Puget. Je suis arrivée donc.

Elle est un peu troublée par le contact de Nans malgré son intention de rester froide et distante. Elle le regarde droit dans les yeux. Elle n'y voit que sympathie, chaleur et le reflet du sourire qu'il lui adresse.

— Raison de plus pour vous accompagner, ça ne me détournera pas de mon chemin.

Il soutient son regard fier de femme qui veut avoir l'air indépendante mais au fond tremble encore de la peur qu'elle vient d'éprouver. Il la laisse devant la porte de l'immeuble.

— Bonne nuit, mademoiselle ?

La fin de la phrase est volontairement interrogative. Il veut savoir son nom.

— Enquêtez, monsieur Grimaud, vous avez les moyens de le savoir.

Elle a rétorqué cela sur un ton cinglant de mépris et a tourné les talons sans plus en dire. Nans comprend alors son animosité envers lui. Comme beaucoup de jeunes en cette année agitée elle ne supporte pas l'autorité et la répression que la police représente à ses yeux. Cela l'attriste mais attise l'envie de lui démontrer le contraire.

Chapitre 9

Samedi 11 mai 1968

Claire est furieuse contre elle-même mais ne voulant pas se l'avouer elle reporte sa rancœur sur la police et Nans en particulier. Au lieu d'être reconnaissante de l'avoir débarrassé des ivrognes la veille, elle fulmine après ces sales flics qui jouent les cowboys avec leurs armes. Quand ses parents ébahis apprennent la raison de cette haine, ils ne comprennent pas. Au lycée avec ses collègues professeurs, c'est encore pire, ils condamnent Claire pour sa méchanceté et son ingratitude. Une des surveillantes, qui est dans la conversation et a à peu près le même âge que Claire, intervient.

— Mon fiancé est policier à Sanary. Je peux vous dire qu'il approuve toutes les demandes des manifestants et s'il en avait le droit il irait revendiquer avec eux. Mais ça ne l'empêche pas de faire respecter le calme et la bonne conduite à ces manifestants. Si les flics parisiens ont tapé, c'est que les étudiants avaient dépassé les limites.

Le débat est houleux et se poursuit dans l'escalier jusqu'à la salle de classe. Claire ne lâche pas ses convictions. Il faut dire qu'elle est têtue et a besoin de constater par elle-même pour être convaincue. Pour le moment, elle combat l'image de Nans, venant à son secours dans la rue, de toutes ses forces avec des raisonnements qui ne tiennent pas, mais son côté bourrique fait obstruction.

De toute façon les informations venant de Paris et des quatre coins de la France suffisent à occuper les esprits et les conversations. Il commence à être question de grève des enseignants en soutien aux étudiants. L'après-midi Madame Caillol, dont une grande partie de la famille travaille au chantier naval de La Seyne, revient avec la nouvelle suivante : les ouvriers s'agitent, les représentants syndicaux parlent de grève. Leurs revendications sont différentes, bien sûr, mais l'affaiblissement des grandes industries françaises touche aussi la production et la réparation de bateaux. Ce secteur souffre de la concurrence italienne très proche et plus concurrentielle. Et puis ce sont des métallos, ils souffrent pour leurs camarades de la métallurgie et de la sidérurgie dans le Nord et l'Est de la France. Certains ont de la famille là-bas. Ils ne veulent pas finir comme eux, au chômage dans une région où il n'y a pas d'autres débouchés, ou si, il y en avait, mais c'est le textile et ces usines-là ont fermé aussi. Inutile également de se reconvertir en artisan ou commerçant, une région de chômeurs ne fait pas de travaux, n'achète pas d'autres choses que l'essentiel. Les Seynois redoutent ça plus que tout et feront tout pour que ça n'arrive pas.

Il est 10 h, c'est la récréation, tout à coup Salazar entre en trombe dans la salle des professeurs. Ce n'est pas du tout dans ses habitudes, tous le regardent surpris.

— Vous n'avez pas vu la presse ?

Toutes les têtes répondent par la négative.

— Ni écouté la radio ?

Même réponse des professeurs interloqués et curieux. L'un lance du fond de la salle.

— De Gaulle est mort ?

Il se fait fusiller du regard par quatre-vingt-dix pour cent de la salle. Même si sa politique est contestée, il reste le héros de la Seconde Guerre et personne ne souhaite sa mort.

— Il y a eu des manifs hier à Paris, des barricades, des combats de rue... C'est horrible.

Pour que Salazar ait l'air bouleversé à ce point, c'est que les événements ont dû être violents comme jamais. Les professeurs laissent le surveillant général s'approcher de la table centrale et poser le journal qu'il tient à bout de bras depuis son irruption dans la salle. Tous se massent autour de la table pour lire les titres, regarder les images. Le choc est grand pour eux aussi. La cloche sonne toute seule dans les couloirs, personne n'écoute car les élèves ont aussi appris les nouvelles de la capitale. Réunis par groupe dans la cour, sous le préau, dans les couloirs, ils se partagent les pages des journaux, les font circuler. La consternation est sur tous les visages.

La veille en fin d'après-midi une manifestation s'est déroulée place Denfert-Rochereau. Ils étaient nombreux. Bien entendu les chiffres divergent, vingt mille lycéens et étudiants selon les organisateurs, douze mille selon la police, mais cela reste énorme. Puis les étudiants occupent le Quartier latin et dressent plusieurs barricades pour boucher l'accès au rond-point. Vers deux heures du matin, la police donne l'assaut. Ils sont plus de six mille. Les étudiants lancent des pavés. Les policiers répondent par des bombes lacrymogènes. Les voitures en stationnement sont renversées en travers des rues, incendiées. Lorsqu'à 5 h 30 la dernière barricade tombe, c'est un spectacle de guerre. Les rues sont dévastées. Chaque camp compte ses blessés, presque deux cent cinquante chez les policiers, environ une centaine de manifestants mais ceux-ci ne sont pas venus s'en vanter. Quelque quatre cent soixante-neuf personnes sont arrêtées. Mais il n'y avait pas que des jeunes parmi les manifestants, les agitateurs communistes sont venus leur prêter main-forte.

Beaussier, comme la France, est révolté et divisé. La plupart soutiennent les étudiants mais les violences ont été telles que certains, sans le dire trop, condamnent ces agissements extrémistes. Claire est survoltée. Le peu de sympathie qu'elle pouvait commencer à ressentir pour la police s'est envolé comme exposé au mistral. Les cours de la fin de matinée sont perturbés et écourtés. Il s'agit plus de grands débats que de cours de français, d'histoire ou d'éducation civique. Car même les collégiens s'intéressent à ce qu'il se passe et posent de multiples questions à Claire qui est parfois bien en peine d'y répondre.

Heureusement c'est samedi et la journée de cours est terminée. Claire déjeune sur le port de La Seyne avec des surveillants de son âge et un professeur de physique d'une trentaine d'années qui lui fait une cour discrète depuis des mois sans se décourager. Ils écoutent les nouvelles au poste de radio du bar où ils dégustent des moules de Tamaris. Élevées dans la rade face à la corniche de Tamaris juste avant le quartier des Sablettes, elles sont d'une taille intermédiaire entre les bouchots et les moules d'Espagne. Légèrement salées par l'eau méditerranéenne, on les déguste juste ouvertes avec du citron et du romarin. Un régal.

Ils débattent ensuite de ce qu'ils ont appris de plus par rapport aux journaux du matin. Le bilan des dégâts s'alourdit d'heure en heure. Certains blessés sont atteints plus gravement que ce que l'on croyait le matin à chaud. La discussion se poursuit au-delà du dessert et lorsqu'elle arrive place Puget, il est presque 18 h. Alain l'attend avec impatience.

— Enfin te voilà ! Il faut que tu me dises si tu viens au Pussy-cat ce soir. J'attends ta réponse pour savoir si Pierre prend sa voiture ou pas. Et je dois lui répondre avant six heures.

Claire n'a pas le temps de réfléchir et puis de toute façon elle est trop énervée pour rester à la maison.

— Je me change, je mange un bout et on y va vers 8 h comme d'habitude.

Louis, en entendant sa réponse, se dit que, au moins la soirée sera calme, car connaissant sa fille et ses opinions très tranchées, la conversation n'aurait pas été de tout repos. Quand Hélène rentre de la pharmacie, les deux jeunes gens sont sur le départ. Alain a revêtu un pantalon gris foncé en tergal bien ajusté comme le veut la mode, il enfile un veston cintré noir sur sa chemise blanche. Hélène le regarde attendrie, son fils est un beau mélange de ses parents mais son atout est le bleu des yeux de sa mère en contraste avec le brun des cheveux de son père. Quant à sa fille, ce sont les reflets dorés de sa mère qui constituent son premier atout. Hélène soupire de bonheur devant ce tableau. Depuis vingt-deux ans qu'elle partage la vie de Louis Jauffred rien n'est venu ternir son bonheur. Pourvu que ses enfants connaissent cela aussi.

Claire peut enfin mettre un pantalon et elle a choisi celui en coton bleu pâle qu'elle a assorti avec un petit pull léger en manches courtes d'un blanc immaculé qui fait ressortir sa peau déjà hâlée et les reflets cuivrés de ses cheveux. Elle a laissé libre la masse brune, elle adore les sentir bouger au rythme de la danse.

Il est presque 21 h lorsqu'ils arrivent au Pussy-cat dans la voiture de Pierre. Plusieurs groupes de jeunes se retrouvent aux alentours, s'attendent, se saluent, bavardent gaiement. Ici l'atmosphère est légère. On oublie le travail, l'actualité. L'établissement accepte les clients à partir de dix-huit ans. Depuis cet hiver qu'elle travaille au lycée, Claire y a parfois rencontré des élèves de terminale. Petit à petit les groupes rentrent et la rue se vide. À la tombée de la nuit, le chat au dos rond qui signale le Pussy-cat clignote tout seul, maintenant ça se passe à l'intérieur.

Après avoir bu un verre avec leurs amis, Alain et Claire vont danser. Ils enchaînent les rythmes endiablés pendant une heure puis essoufflés s'écroulent sur les banquettes et Alain commande une autre tournée de boissons. Tandis qu'ils chahutent ensemble, d'autres groupes arrivent. Le démon de la danse les reprend lorsque les premières notes de *Twist and shout* des Beatles se font entendre. Alain saute sur ses pieds, tend la main à sa sœur et l'entraîne sur la piste. C'est leur twist préféré, encore plus que « Twist à Saint-Tropez », depuis quatre ans qu'elle est sortie, ils dansent dessus et sont en parfaite harmonie. Leur démonstration attire l'œil d'un groupe de garçons qui les observe. Les deux qui tournent le dos à la piste pivotent sur la banquette pour profiter du spectacle. Lorsque son copain lui désigne le couple, Nans reconnaît Claire, son cœur fait un bon dans sa poitrine. Sa tenue laisse deviner ses formes sans équivoque. La danse lui fait prendre des postures que ses parents jugeraient peut-être indécentes. Mais elle est aux anges et ça se voit. Nans sent une chaleur intense l'envahir. Il ne la quitte pas des yeux. Roland le remarque et demande.

— C'est elle, la jeune fille que tu as sauvée des ivrognes ?

Nans fasciné acquiesce de la tête. Le twist s'achève. Les danseurs reprennent leur souffle sans quitter la piste. Un rock d'Elvis Presley démarre. Un garçon invite Claire. Ils font une véritable démonstration.

— Nans, tu devrais l'inviter sur un rock. Elle a le même niveau que toi. Tu devrais t'éclater, conseille Michel.

Nans laisse passer quelques morceaux. Il se donne du courage en avalant deux cocktails d'affilée. Quelque part dans la salle, le groupe de Claire en est à sa troisième tournée et les rires fusent à la moindre blague. Ils retournent danser. À un moment Claire aperçoit Nans qui danse un peu plus loin. Son grand corps souple souligné par la coupe ajustée à la mode dégage quelque chose de félin. Un frisson lui remonte des reins, qu'elle met sur le compte de son dégout pour la police. Deux morceaux plus tard, elle sent une main sur son bras, elle se retourne et se trouve face au sourire désarmant de Nans. Tandis qu'un rock s'annonce, il l'invite. Il sait danser, elle l'a remarqué, il est beau et son sourire... Alors dans l'euphorie de la soirée, elle oublie le flic pour ne voir que l'homme.

Dès les premières notes, ils s'accordent parfaitement. Leur style est identique. Ils tournent, avancent, reculent sans jamais se manquer. Nans attrape Claire par la taille, la soulève, la fait pivoter sur sa hanche, sur son dos, elle se laisse guider en toute confiance. Il la fait glisser entre ses jambes, la relève, l'enlace et pour le final la renverse sur sa cuisse. Dans sa fougue il s'incline vers elle et dépose un baiser sur sa joue. Claire essoufflée mais heureuse ne s'offusque même pas de cette liberté. Elle se relève et lance :

— Pour un flic, vous bougez plutôt bien.

Il encaisse la pique avec le sourire trop heureux de ce moment partagé. Pendant ce temps, l'orchestre, aidé des copains de Nans, a décidé qu'il était temps pour les slows. Ils attaquent les premières notes des Moody Blues et leur titre de l'année *Night in white satin*. Nans décide de profiter de son avantage.

— Alors j'ai droit à une danse de plus?

Claire fait la grimace, elle n'est pas très fan de slows. Le romantisme c'est gluant, a-t-elle l'habitude de dire. Mais Nans a toujours un bras autour de sa taille et ce contact la trouble, paralyse son sens de la répartie et lui fait oublier le gluant.

— D'ac, mais une seule.

— Promis, accorde Nans qui aurait donné sa chemise pour qu'elle dise oui.

Elle pose ses mains sur les épaules du jeune inspecteur. Il l'enlace un peu plus et cale sa joue contre sa tempe. Il s'enivre de l'odeur de ses cheveux, savoure chaque mouvement de son corps en harmonie avec le sien. L'excitation du rock retombée, Claire ressent le contact du corps de Nans qui épouse le sien comme une brûlure. Elle n'a jamais connu cette sensation. Elle est heureuse mais déroutée par les sentiments qui affluent. Une petite part d'elle est néanmoins sur ses gardes, s'il tente quoi que ce soit il se prend une gifle, flic ou pas, se dit-elle. Mais Nans est trop heureux de l'aubaine pour tout gâcher. Il estime avoir déjà eu beaucoup plus que ce qu'il espérait.

Toutefois lorsque la musique s'éteint et que repartent aussitôt les premières notes de la suivante, il tente un va-tout. Claire s'écarte de lui et lève la tête pour le saluer. Le regard brûlant de Nans la chavire dans un monde de sensations inconnues qui la submergent et l'immobilisent face à lui. Son hésitation donne le courage à Nans pour quémander un deuxième slow.

— C'est *Monia*, j'adore cette chanson et elle est courte.

Son cavalier la regarde intensément. Hypnotisée par le magnétisme qui se dégage de tout le corps de Nans, elle ne reconnaît pas la Claire qui murmure un « oui » tout près de son cou où elle s'est déjà blottie à nouveau. Lorsqu'ils regagnent leur place chacun au cœur de leur groupe d'amis, quelques minutes plus tard, ils sont dans les nuages très très haut dans le ciel. Bien sûr les copains y vont de leurs remarques amicalement moqueuses.

Nans avoue sans pudeur qu'elle le rend dingue. Claire qui reprend vite ses esprits prend un air bougon.

— Mouais, il danse bien pour un flic. Mais ça ne le rend pas plus fréquentable.

— Tu avais pourtant bien l'air de vouloir le suivre au commissariat ! Plaisante Alain.

Ce qui lui vaut une bourrade.

Chapitre 10

Dimanche 12 mai 1968

Claire se réveille tard et s'étire dans son lit, elle est bien, heureuse même. Pourtant c'était une soirée comme les autres, se dit-elle. Ce n'est pas qu'elle a déjà effacé Nans de sa mémoire mais elle refuse de lui donner de l'importance. Alors malgré les rêves brûlants qu'elle a faits toute la nuit, elle affirme que c'était une soirée réussie comme bien d'autres passées ou futures.

Nans n'a pas eu un réveil aussi doux. À 7 h le divisionnaire Marchetti en personne l'avait convoqué au commissariat d'une phrase courte mais expressive.

— Grimaud, ramenez vos miches, c'est chez nous.

Nans allume aussitôt la radio pour savoir la nature de ce qui est arrivé dans la région. Mais rien de spécial ne trouble le réveil musical dominical fait de vieux titres et de quelques nouveautés bien françaises comme Joe Dassin ou Jacques Dutronc.

Claire déjeune tranquillement et prend son temps pour se préparer. Elle se sent bien, elle n'arrive pas à le définir mais elle sent comme une plénitude, l'impression d'être arrivée à destination. Cela ne correspond en rien à ce qu'elle vit actuellement, alors, comme tout ce qu'elle n'explique pas, elle range cette sensation dans un coin de sa mémoire pour chercher à se l'expliquer plus tard. Pour l'heure elle a rendez-vous avec des collègues du lycée Rouvière pour discuter grève.

Nans, pour sa part, entend parler de grève depuis 8 h du matin. En ce moment le divisionnaire leur demande de se mêler si possible à des groupes s'organisant pour le lendemain afin de savoir à quoi s'attendre.

— Au boulot les gars ! Briefing à 16 h. Distribution des consignes à 18 h. Zou ! Je ne veux plus vous voir ici avant cet après-midi.

Les gars bougonnent. Non seulement le commissaire leur gâche le dimanche mais en plus il leur faut tomber par hasard sur un groupe et s'y mêler l'air de rien. Non, mais il rêve, le chef !

Nans a une idée. Si des réunions ont lieu, ce sera dans les quartiers généraux des professions concernées, donc dans les bars à proximité des lycées. Il partage avec ses collègues les lycées toulonnais. Giacomo va à Dumont-d'Urville, Roland à Bonaparte, Michel à Tessé et Nans à Rouvière. Ils quittent le commissariat vers 13 h. En passant par la place d'Armes, Nans en profite pour prendre un sandwich et poursuit son chemin dans la rue d'Alger. En débouchant sur la place Puget, il voit la silhouette, désormais familière, de Claire disparaître en direction du boulevard. Il l'aurait bien suivie mais il n'est plus très loin de Rouvière et il doit ramener des infos au chef. Il s'aperçoit bientôt qu'elle le précède en direction du lycée. Bien sûr ! Elle est professeure. Il l'a appris hier soir au Pussy-cat en bavardant avec des connaissances communes. Elle a des opinions bien tranchées sur la police donc elle doit être du côté des étudiants et professeurs qui veulent la grève. Il s'attache alors à suivre Claire qui se faufile parmi les groupes qui sont de plus en plus nombreux au fur et à mesure qu'ils s'approchent du lycée.

En chemin, chacun de sources différentes, Nans et Claire apprennent que les unions syndicales départementales comme la CGT, la FEN, l'UNEF et d'autres encore se sont alliées au Comité d'Action des Lycées depuis la veille pour appeler à la grève générale dès lundi. Voilà qui confirme les nouvelles de Paris obtenues ce matin par dépêche du ministère de l'Intérieur.

L'ORTF, l'organisme national gérant les chaînes de télévision, outrée d'avoir dû censurer les images des violences dans le Quartier latin se joint à la prévision de grève. Pour le moment il n'est prévu que vingt-quatre heures. L'objectif est de rassembler tous les syndicats, tous les métiers derrière un même slogan « dix ans, ça suffit » visant à remettre le gouvernement de De Gaulle en cause.

Claire s'arrête auprès d'un groupe de jeunes professeurs qu'elle semble connaitre. Elle engage la conversation, son visage montre une passion, une conviction qui laisse Nans perplexe. Même s'il admet que les revendications sont pour la plupart fondées, il ne se voit pas les défendre avec une telle fougue. Mais rester assis sur un parapet à admirer Claire ne fera pas revenir les informations à ses oreilles. Il reprend sa déambulation entre les groupes, il lance même un avis au passage histoire de se fondre dans le décor.

Claire bavarde avec un groupe de professeurs et des instituteurs qu'elle connait, certains de l'École normale, d'autres du lycée ou de son quartier. Tout à coup elle s'arrête en plein milieu d'une phrase et jette :

— Ça alors, excusez-moi deux minutes je vais saluer une connaissance.

Elle a aperçu Nans de l'autre côté de la rue. Elle se fraye un passage dans la foule jusqu'au portail du lycée.

— Vous êtes culotté de venir fouiner par ici !

Elle a parlé à voix presque basse et en gardant une attitude aimable car elle se sait observée mais ses yeux lancent des flammes en direction de Nans dont elle a saisi l'avant-bras avec fermeté. De loin on dirait deux personnes qui échangent quelques mots, quelques nouvelles. De près l'atmosphère est électrique. Nans reste calme et poli d'une part parce que c'est Claire, d'autre part parce qu'il est seul au milieu des enseignants et des étudiants. Cependant il fait son travail et n'entend pas que ce qui compte, fût-ce Claire, lui mette des bâtons dans les roues, il rétorque froidement.

— Je vous rappelle que c'est dimanche. Je ne suis pas en service. J'ai le droit de me promener où je veux dans cette ville.

Elle a beau être terriblement sexy quand elle vibre de colère comme à présent, il ne cédera pas.

— Vous n'allez pas me faire croire ça, j'ai vu votre ami d'hier soir prendre la rue qui monte à Tessé tout à l'heure. Lui aussi se promène ?

Elle lâche son bras car son contact la trouble et elle sent sa colère s'évanouir. Il est si craquant avec son jean, son polo et son air glacial, on dirait un caïd de la pègre. Elle ne peut empêcher chaque parcelle de son corps de se souvenir des danses de la veille.

— Permettez que je poursuive mon chemin, mademoiselle.

Il fait mine de la pousser pour passer.

— Vous avez de la chance que je n'aie pas envie de déclencher un esclandre, dit-elle insolemment en s'effaçant pour le laisser passer.

Il lui lance un merci teinté d'ironie et un sourire qui la déstabilise. Du coup elle ne répond pas et est furieuse de ne pas avoir eu le dernier mot.

Nans en sait assez, il reprend le chemin du commissariat. De toute façon il est presque 16 h, l'heure du débriefing de toutes les rumeurs récoltées par les policiers dispersés dans la ville. En chemin Nans se dit que si une jeune fille d'un milieu bourgeois, d'un naturel habituellement courtois peut se transformer en passionaria comme l'a fait Claire, alors il faut doter les forces de l'ordre d'un bon matériel car les manifestations vont être d'une ambiance tendue.

Lorsque vient son tour de faire la synthèse de ce qu'il a appris, son opinion sur les capacités de Claire est exposée sous une formulation épurée : il faudra garder à l'esprit que le nombre permet des violences que les individus isolés ne commettraient pas. Comme c'est ce qu'il s'est passé à Paris et que Marchetti fait entière confiance à son inspecteur, il prendra les précautions nécessaires. Un peu plus tard il prend Nans à part et lui attribue une mission particulière.

— Grimaud, il me faut des infiltrés dans la manif, allez-y avec deux autres gars de votre choix et revenez indemnes me raconter comment ça se passe de l'intérieur.

Nans est bien embêté car ses collègues et lui sont connus de la bande de Claire. Il choisit donc deux inspecteurs un peu moins jeunes mais au style vestimentaire s'approchant de celui des enseignants. Il leur explique leur rôle en précisant que lui-même devra rester en retrait car il est reconnaissable.

— Voilà ce que c'est de faire un mètre quatre-vingt et d'avoir une telle tignasse ! plaisante Fabre, un collègue.

Les policiers finissent leur journée du dimanche vers 21 h. Demain il faudra être en forme.

Claire n'a pas soufflé mot à ses collègues de la profession de Nans. Elle doute qu'il va y avoir des policiers tout le long de la manifestation avec ce qui s'est passé à Paris. Mais elle a confiance, les Toulonnais ne sont pas violents, les délégués syndicaux ont appelé à une grève pacifique.

Chapitre 11

Ce matin chacun se rend sur son lieu de travail. Mais l'atmosphère dans les transports est particulière. Tous savent que dans une heure ils s'arrêteront de travailler, se rassembleront peu à peu pour une grande manifestation.

En descendant la rue d'Alger, Claire apprend que la poste n'a pas ouvert et que les employés de l'Arsenal sont en grève. En arrivant sur le port de l'autre côté de la rade, elle voit les ouvriers des chantiers massés devant la gigantesque porte au bout du quai. Elle n'est pas étonnée de voir tous les élèves devant le portail alors qu'il est presque 9 h.

Elle se faufile parmi les groupes, répond aux bonjours, renseigne quelques-uns sur la situation à Toulon. Elle met plus d'un quart d'heure à traverser la petite place. La cloche de 9 h a déjà sonné qu'elle pénètre à peine dans la ruelle qui contourne le lycée pour atteindre l'entrée des professeurs. Les couloirs auraient dû être vides à cette heure, le préau silencieux. Or c'est tout le contraire, les couloirs sont encombrés de groupes d'élèves, certains sont même assis par terre. Le préau résonne d'un brouhaha différent de celui de la récréation. Les conversations sont uniformes, le ton véhément. Enfin elle parvient à la salle des professeurs, il est presque 10 h. Elle salue ses collègues, aussi profondément immergés dans leur discours de propagande de la grève que les élèves, peut-être plus même. Et bien voilà, c'est ça une grève, et générale qui plus est ! Claire se sent euphorique, soulevée, transcendée par la force de ces jeunes qui prennent leur destin en main.

Finalement les syndicats ont préféré la grève sur le tas plutôt qu'une manifestation en ville. Les différentes organisations n'étaient pas prêtes, ne se sont pas concertées, l'impact n'aurait pas été celui qu'ils veulent. Ce n'est que partie remise. En fin de matinée on apprend que tous les employés de l'électricité de France sont en grève aussi. Puis, alors qu'il était sorti chercher le journal, monsieur Zedaure revient bredouille, les ouvriers de l'imprimerie sont en grève. Le mouvement est vraiment général, les étudiants sont euphoriques, ils y croient, le général de Gaulle va céder. Les lycéens ont amené des guitares, ils s'assoient dans la cour et jouent, leurs camarades font un cercle autour d'eux et chantent. L'après-midi commence au soleil sur un air de Joe Dassin. Beaussier est sur une colline et tous les professeurs chantent en cœur avec les élèves. « Elle m'a dit j'irai là-haut sur la colline, je t'attendrai, t'attendrai avec un petit bouquet d'églantine. » Les « laï laï la la » envahissent le quartier.

À Toulon, le commissaire divisionnaire Marchetti a mis ses hommes sur le pied de guerre dès 6 h du matin. Il a fait venir des renforts de tous les alentours. Plusieurs groupes sont répartis devant chaque lycée en prévision d'une sortie en ville. Une compagnie entière de CRS surveille les trois portes de l'Arsenal. Les ouvriers ont une représentation de communistes, syndiqués, virulents de la pire espèce. La cousine Eugénie est écroulée de rire quand elle entend de tels propos. Cela fait vingt-trois ans maintenant que Julien Mesnard son époux y travaille et il n'y a pas moins communiste que lui. Mais le divisionnaire Marchetti est corse et non pas toulonnais. Il doit donc se fier à ce qu'on lui rapporte et en l'occurrence ce sont de belles galéjades.

La virulence comme la fainéantise des ouvriers de l'Arsenal sont à Toulon ce que la sardine est au vieux port de Marseille : une légende.

Légende qui en ce 13 mai vaut aux CRS une journée longue et chaude, immobile sous leur lourd équipement de sécurité à attendre que les foules en furie surgissent des entrailles des bassins de radoub. Passé 10 h, il devient quasiment sûr que les grévistes ne passeront pas à l'action. Les policiers sont soulagés mais doivent rester à poste. Sur le coup de 16 h le divisionnaire Marchetti, fulmine après ces « couilles molles » de syndicalistes qui promettent de retourner la ville et n'osent même pas sortir de derrière les grilles des lycées et des remparts de l'Arsenal, ce n'est donc que fort tard qu'il relève ses troupes de leur faction. Les dommages du jour ne seront que deux insolations et quelques coups de soleil pour ceux qui n'avaient pas la chance d'avoir un platane à proximité.

Les deux parties sont satisfaites de leur première journée de grève, première oui, car devant l'immobilisme du Général, en voyage à l'étranger, et le succès de cette journée dans tous les secteurs professionnels dans tout le territoire, les organisations syndicales votent à l'unanimité la poursuite du mouvement pour une durée indéterminée, sous-entendu jusqu'à ce que le général cède.

Toutefois les policiers restent sur le qui-vive car ce soir-là tous les grévistes rentrent sagement dans leur foyer mais une manifestation collective est annoncée pour le lendemain après-midi à Toulon. Marchetti prend les choses en main et fomente un dispositif de bataille digne d'une campagne napoléonienne. Les quatre jeunes inspecteurs, Giacomo, Roland, Michel et Nans, le comparent à l'empereur sur son cheval sabre au clair lorsque, emporté par sa fougue, il monte sur le bureau et harangue ses hommes le bras tendu vers le plafond de la salle de réunion. Si Nans savait que Claire est, du côté paternel, la descendante d'une famille corse composée d'éléments au caractère bien trempé, à commencer par sa grand-mère Lisandra, il ne rirait pas si fort aux blagues antinapoléoniennes de ses amis.

Dans la nuit tiède du mois de mai, les quatre compères quittent le commissariat pour enfin rentrer chez eux. Ils s'en souviendront de ce printemps. Que d'heures passées en service au lieu de profiter de la douceur de l'intersaison. Ces fichus étudiants auraient pu s'énerver en automne.

— Mais tu raisonnes comme un gars du Midi, Nans ! s'exclame Roland originaire du centre.

— Il a raison, pour les Parisiens il vaut mieux être dehors en mai qu'en octobre, complète Giacomo, qui lui vient du sud de l'Italie.

— Puisqu'on est dans le cliché régional, poursuit Michel, vous ne trouvez pas que pour un Corse Marchetti s'agite beaucoup ?

Tous quatre éclatent de rire. Assurément s'ils n'avaient pas été policiers, ils auraient bien trouvé leur place dans la jeunesse estudiantine qui répond en fait au même code car ils ont le même âge, la même soif de vie.

Dans le salon des Jauffred, la fenêtre est ouverte sur la douceur du début de la nuit. Chacun est occupé à sa façon. Hélène finit de mettre de l'ordre dans son intérieur. Louis installé sur la table de la salle à manger corrige les copies d'un devoir sur les musiciens du 19e siècle. Alain, fidèle à la tradition musicale des Leccia, a pris sa guitare et joue des airs en sourdine. Quant à Claire, elle a un livre à la main, mais ses yeux sont perdus dans la nuit de la place au-delà des toits, par-dessus la cime des platanes. Elle laisse vagabonder son esprit dans toutes ces excitantes nouveautés qui constituent les revendications et la grève. À intervalles réguliers s'interpose l'image d'un sourire, d'un corps souple qui danse, la sensation de mains dans son dos, d'un souffle sur son cou. Claire est heureuse mais pas totalement sereine.

Des voix et des rires dans la rue la tire de sa rêverie, elle reporte les yeux sur son livre, s'aperçoit qu'elle n'a rien lu depuis qu'elle est installée. Alors elle ferme son exemplaire du *Vol d'Icare* de Raymond Queneau, décidément le destin d'Icare et d'Hubert lui importe peu ce soir. Elle préfère vivre certains moments des jours précédents, et, elle ne l'avouera jamais, plutôt les moments où elle est en compagnie d'un certain membre de la police.

Chapitre 12

Mardi 14 mai 1968

La France enivrée par l'énorme succès de la grève de la veille, poursuit unanimement le mouvement. Ainsi les métallos, les ouvriers de l'industrie métallurgique, en Moselle, puis l'aviation et toutes les industries, services, administration du pays. Cette fois une manifestation est programmée à Toulon réunissant, derrière une immense banderole, les ouvriers, les étudiants et les enseignants de tout le département. La fusion est une première. Chaque organisation prépare ses slogans, ses pancartes. Les armoires sont dépouillées des plus vieux draps pour en faire des banderoles. Les lycées n'ont même pas ouvert ce matin, c'est inutile personne n'y vient et puis les principaux craignent une invasion dévastatrice des manifestants.

Alain est parti rejoindre les étudiants, les élèves de l'enseignement supérieur peu nombreux dans le Var ont réussi à former un groupe représentatif et se distinguent bien du secondaire auquel ils ne veulent pas être assimilés. On veut bien être unis et solidaires, on n'en reste pas moins différents. Louis a naturellement orienté son chemin vers les professeurs du secteur privé. Considérés comme privilégiés en raison de leur salaire négociable et des conditions d'enseignement, ils sont à part des enseignants du public. Ils se sont créé des slogans spécifiques, après tout ils ont des revendications aussi.

Hélène, la seule de la famille à ne pas faire grève, est à la pharmacie. Il y a rarement des manifestations sans échauffourée aussi tiendra-t-elle à disposition des pansements, du désinfectant, bref de quoi administrer les soins aux petits bobos et atténuer les plus importants en attendant les pompiers. La pharmacie Puget est en plein centre et à deux rues du boulevard de Strasbourg où passent les manifestations, en général elle ne manque pas de clients. Parfois ce sont aussi des jeunes trop nerveux le matin pour déjeuner et qui, au bout de deux heures de marche dans la chaleur et dans la foule, se sentent mal. Il y a aussi les ampoules des petits malins qui ont pris la manif pour un défilé de mode et ne supportent plus leurs chaussures. Hélène aura de quoi s'occuper.

Claire a passé une nuit agitée à dérouler les images de la manifestation telle qu'elle se l'imagine. Elle se voit bras dessus bras dessous avec ses collègues. La bonne humeur règne, ils brandissent leur banderole et scandent leur slogan. De temps en temps surgit le visage de Nans, ou un gros plan sur sa bouche, ou en pleine foule au coude-à-coude lui parviennent les effluves de son odeur. Ce matin elle a eu du mal à faire surface mais après un bon petit-déjeuner, obligatoire spécifie sa mère, elle se sent bien et cherche dans la foule qui commence à se rassembler derrière le stade Mayol des visages connus.

Le départ se fait donc de l'avenue Roosevelt derrière le stade de rugby. De là ils monteront à la préfecture par le carrefour Noël Blache. Après un arrêt devant la préfecture au pied du Faron, histoire de faire savoir au préfet du Var que les mécontents sont nombreux, ils passeront devant la gare, devant le commissariat. Lorsque le divisionnaire

Marchetti avait lu l'itinéraire fourni par l'organisation, il avait failli en tomber de sa chaise.

— Quoi, ils osent manifester jusque devant les forces de l'ordre. C'est de la provocation, de la mutinerie...

Il n'en trouvait plus ces mots. Le cortège n'en passerait pas moins par là pour arriver devant la porte Castigneau de l'Arsenal. Les ouvriers de l'Arsenal étant très nombreux, après avoir longé le long bâtiment de l'ancienne Corderie, une nouvelle pause serait faite devant la porte principale toute proche des fenêtres de l'amiral commandant la Marine en Méditerranée. Ainsi celui-ci comme son homologue civil ne pourrait ignorer la colère de ses personnels. Ensuite la foule parcourra l'avenue de la République où la troisième pause aura pour cible la mairie de Toulon. Enfin après s'être faufilés entre les platanes du cours Lafayette les manifestants prendront possession du boulevard de Strasbourg pour une durée indéterminée.

Claire écoute cette description attentivement, se représentant le chemin à parcourir. Elle avait bien fait de mettre ses petites chaussures en toile. Elle est habillée de façon confortable et pratique en pantacourt noir et petite blouse mauve. Dans son sac il y a le minimum, sa carte d'identité sur le conseil de son père qui craint les contrôles de police, un mouchoir, pour les gaz lacrymogènes d'après sa mère, un chapeau et quelques pièces de monnaie pour s'acheter à boire, à manger si nécessaire. À croire que ses parents étaient des pros de la manif. Elle reporte son attention sur ce qui l'entoure et aperçoit des connaissances de Dumont d'Urville. Elle joue des coudes pour les rejoindre. L'ambiance est joyeuse, bonne enfant, pour le moment on est loin des violences parisiennes. Il est 10 h passées quand la colonne s'ébranle enfin. Ils doivent être dans les dix mille, c'est énorme, la file s'étend sur des centaines de mètres. Les journalistes locaux photographient en rafale et essaient de récolter quelques déclarations inédites. La banderole de tête franchit le pont du chemin de fer que les derniers n'ont pas encore démarré. Claire se trouve dans la queue du deuxième tiers du convoi. Comme beaucoup, elle bavarde avec ses voisins immédiats, s'interrompant pour crier son slogan de temps en temps. Tout se déroule comme elle l'avait imaginé.

Les policiers et les CRS placés tout au long du parcours essaient de rester impassibles sous les insultes dont ils font l'objet. Claire ne peut s'empêcher de chercher dans chaque groupe celui qui est en civil. Mais pas un n'affiche de tignasse brune et bouclée.

Pourtant Nans est sur place mais il a en charge un morceau de boulevard de Strasbourg plus précisément entre l'Opéra et le lycée Rouvière. Il ne peut s'empêcher de penser à Claire. Cette tête brûlée est capable de se trouver mêlée à une échauffourée selon le motif du départ de l'altercation. Au moins ses trois amis sont avertis, s'ils la voient en mauvaise posture ils s'en occupent.

Le défilé se poursuit, lentement vu le nombre. Les pauses prévues sont longues car les organisateurs attendent que tous soient là pour décompter le quart d'heure statique prévu. Ce n'est qu'en début d'après-midi que la banderole de tête arrive au début du boulevard de Strasbourg. Vers 15 h, la procession continue de s'écouler de plus en plus lentement devant Nans et ses hommes. Il fait chaud, les gars sont fatigués. Les CRS se sont levés à 4 h du matin pour venir à Toulon en renfort. Depuis 9 h ils sont debout sur place chargés de tout leur matériel de protection. Nans doit rester vigilant à leur place car ils sont presque hagards. Ils n'ont eu depuis leur départ ce matin, que de l'eau ou du café et quelques biscuits secs. Dans d'autres groupes, il y a eu des malaises. De l'autre côté du boulevard, devant le magasin de meubles, on dirait que ça s'agite. Nans essaie d'y voir en se hissant sur un rebord de mur. La radio crépite.

— Nans, ça bouge devant la pharmacie du boulevard. Méfie-toi quand ils arrivent à ta hauteur.

Voilà qui confirme son impression. Il est sur le point de redescendre de son perchoir lorsque le tumulte s'intensifie. Il saute à terre et d'un ordre bref réveille ses gars. Il est temps de passer à l'action. Effectivement des cris viennent de la partie du boulevard située devant le magasin de meubles qui a baissé le rideau dès le début au cas où... Les CRS se frayent un chemin au milieu des manifestants. La première moitié, pacifique, s'ouvre devant eux comme la mer devant Moïse. Mais à l'approche du groupe d'agités, la résistance commence et surgissent de nulle part des gourdins improvisés, des bouts de bois et divers objets usuels transformés en arme anti-flic. Les CRS foncent dans le tas, les policiers en uniforme essaient d'esquiver et battent en retraite ou poursuivent les fuyards. Nans, habillé comme les jeunes professeurs ou les étudiants, cesse de donner des ordres et passe incognito.

Des cris aigus de fille s'élèvent en provenance de la devanture de la pharmacie. Quatre jeunes filles sont isolées au milieu des agitateurs et les CRS sont en train de sortir les grenades lacrymogènes. Nans est sur le point d'y envoyer deux CRS lorsque, parmi les quatre, il reconnaît Claire. Son sang ne fait qu'un tour, en une fraction de seconde il tourne le dos au CRS et joue brutalement des coudes pour traverser les manifestants excités. Au passage un bâton lui effleure la joue sans qu'il s'en préoccupe. Il contourne le groupe de furieux qui s'apprête à faire face aux CRS. Il saisit la main de Claire et la tire vivement.

— Venez, vite. Les lacrymogènes, hurle-t-il pour se faire entendre en désignant du menton les CRS.

Claire et les trois autres le suivent. Ils se faufilent le long des vitrines jusqu'à l'intersection. Ils commencent à remonter la rue pour les éloigner de la pagaille. Claire stoppe net et lui fait face.

— Je ne veux pas fuir. Il faut continuer à défiler, à occuper la rue, dit-elle à ses compagnes autant qu'à Nans.

Les trois filles qui, encore sous le choc, sont trop heureuses de s'en être sorties refusent avec énergie de rester là une minute de plus et elles s'en vont. Nans tient fermement Claire qui essaie de se dégager. Le jeune inspecteur se demande comment il va arriver à maîtriser cette tigresse tout seul lorsqu'un véhicule de police arrive dans la rue. De sa main libre, il lui fait signe. Par chance Michel est le conducteur.

— Embarque-moi ça au commissariat pour désordre sur la voie publique. Je m'en occuperai tout à l'heure.

Claire se retrouve menottée dans la voiture qui l'emmène au commissariat. Elle est furieuse contre Nans. Michel la met dans une cellule sous une pluie d'adjectifs peu flatteurs. Pour le moment, seuls des hommes ont été arrêtés, elle est donc seule dans sa cellule à fulminer contre l'inspecteur Grimaud et tous les policiers de France et de Navarre.

Celui-ci ne rentrera au commissariat que trois heures plus tard. Sa joue est maculée de sang séché, sa chemise a la poche poitrine déchirée, sa tignasse est plus en bataille que jamais. Il s'assoit à son bureau et envoie chercher la prévenue Jauffred Claire pour déposition.

Un gardien de la paix fait entrer Claire dans le bureau. Les poings serrés, elle est fermement décidée à ne pas coopérer. Dès qu'elle a passé le seuil, elle se fige et porte la main à sa bouche de surprise et d'effroi.

— Qu'est-ce qui vous est arrivé ?

Nans est touché qu'elle s'inquiète mais il est en colère parce qu'elle se met en danger avec son entêtement.

— Asseyez-vous. Nom, prénom, adresse de résidence à Toulon.

Le temps est péremptoire, professionnel. On ne lui a jamais parlé ainsi, Nans ne lui a jamais parlé sur ce ton. Elle réalise alors qu'elle est au poste de police, qu'il peut décider de la garder pour désordre sur la voie publique. Elle répond mécaniquement, une frayeur rétrospective la saisit. Tandis qu'elle égrène sa date de naissance, sa profession, sa situation, elle revoit les hommes autour d'elle, des ouvriers mal dégrossis enivrés par l'ambiance de contestation. Ils marchaient juste derrière son groupe de jeunes professeurs. Petit à petit elle les avait entendus se monter en pression tous seuls. En arrivant sur le boulevard, ils avaient trouvé dans un tas de détritus, laissés là par les éboueurs, des morceaux de palettes de marchandises. Ils s'en étaient munis et apercevant les CRS devant le lycée Rouvière, ils avaient décidé de casser du flic.

Claire, à la question « résumez-moi les faits qui vous ont amené parmi les casseurs ? », se met à raconter cet épisode. Sur la fin sa voix tremble, elle se revoit coincée avec les trois autres filles contre la vitrine du magasin, lequel ? Elle ne sait même pas. Elle ne voyait aucune issue. Quand elle s'était sentie saisie par le bras, elle avait cru qu'elle allait se faire tabasser. Son menton tremble, elle a les larmes aux yeux. Nans attendri se dit qu'il a assez joué au méchant. Il se lève, contourne son bureau et s'assoit en face d'elle sur le bord du bureau. Elle se lève et s'écroule dans ses bras.

— Oh Nans, j'ai eu si peur, et elle éclate en sanglots.

Ce n'est pas la première fois qu'une victime lui tombe dans les bras. Mais le corps chaud de Claire serré contre le sien perturbe son sang-froid professionnel. Giacomo passe dans le couloir, il s'arrête et fait un signe le pouce en l'air accompagné d'un grand sourire. Nans de sa main libre lui fait signe de fermer la porte. Claire met de nombreuses minutes à retrouver son calme. Dans le couloir, les policiers ramènent les agitateurs, et les CRS rentrent pour se changer avant de repartir. Il règne un brouhaha qui meuble le silence qui s'est établi entre eux. Petit à petit Claire se redresse, retrouve son aplomb. Elle range son mouchoir dans son sac. Finalement ce n'est pas pour les lacrymogènes qu'elle s'en est servi.

— Qu'est-ce que vous allez faire de moi ? demande-t-elle d'une toute petite voix.

Nans a le triomphe modeste, il n'y va pas d'un « je vous avais prévenu ». Il la fixe plein de compassion. Une folle envie de l'embrasser le tenaille. Mais il commence à la connaitre. Elle est en train de reprendre du poil de la bête. S'il tente la moindre approche maintenant elle est capable de crier au viol. Ce sera pour une autre fois. Il le sent.

— Vous pouvez y aller. Vous êtes libre. Mais je garde la main courante en cas de récidive.

— En cas de récidive, il se passe quoi ?

— Si vous êtes à nouveau arrêtée lors d'un trouble public comme aujourd'hui vous resterez 48 heures en garde à vue. Et cette fois la cellule ne sera peut-être pas vide…

— Ça va, je me tiendrai à carreau, Monsieur l'Inspecteur, raille-t-elle en se levant.

Nans se dit qu'il ne s'était pas trompé, demain elle sera prête à recommencer. Peut-être est-ce cette effronterie qui lui plait chez elle. Outre son corps de rêve, ses yeux de biche et sa chevelure aux reflets incendiaires. Elle se retourne sur le pas de la porte, et lui adresse un sourire à damner un saint.

— Bonne nuit, Nans.

Il adore cette petite pointe d'accent sur son prénom. Et elle l'a appelé par son prénom pour la seconde fois et pas en plein désespoir !

— Bonne nuit, Claire.

Chapitre 13

Claire a du mal à sortir de son lit ce matin. Mais la grève ce n'est pas les vacances, il faut aller au lycée. Elle s'assoit à la table du petit-déjeuner où sont déjà ses parents et son frère. La veille, quand elle est rentrée, beaucoup plus tard qu'Alain et Louis, Hélène a voulu savoir ce qu'il s'était passé.

— Rien, je suis fatiguée, avait été les seuls mots prononcés avant qu'elle ne s'enferme dans sa chambre jusqu'à maintenant.

Trois regards interrogateurs mais silencieux l'accueillent. Il faut qu'elle leur donne une version de sa fin d'après-midi sinon ils la regarderont comme ça jusqu'à ce qu'elle parle.

— En résumé, j'étais coincée par le groupe violent. Un policier m'a récupéré, m'a emmené au poste pour prendre ma déposition.

— C'était Nans? Interroge Alain.

Claire grommelle et se concentre sur ses tartines.

— Nans, c'est qui? S'informe Hélène.

Alain répond à sa place.

— C'est un flic qui la drague. Mais mademoiselle n'aime pas les flics.

Les parents connaissent leur frondeuse de fille et n'insistent pas sur le sujet. Claire leur en sait gré dans son for intérieur. Le problème la perturbe assez toute seule. Un peu plus tard sur le ferry, Louis finit par lui donner son avis.

— Policier, c'est un métier pas une façon de penser. Prends exemple sur les enseignants. Pour la grande opinion, nous sommes gauchistes, réactionnaires. Tu sais très bien que ce n'est pas le cas. C'est pareil. Ils sont étiquetés fachos mais la plupart sont loin de cette idéologie. Ils font ce métier, au contraire, pour protéger.

— Là, tu extrapoles un peu papa.

— Prends la peine d'en discuter avec ton Nans.

— Ce n'est pas « mon » Nans.

Elle a beau sortir ses griffes pour répliquer, elle a une façon de prononcer « Nans » qui est une caresse. Faut-il qu'elle soit têtue même avec elle-même pour ne pas s'avouer ce qu'elle ressent. Louis, qui n'est au courant de l'existence du jeune policier que depuis une heure, voit bien qu'elle a des sentiments pour lui.

Mais le ferry arrive à quai, il faut reprendre pied dans la journée présente et les ouvriers du chantier naval qui chantent au bout du port devant l'entrée leur rappellent qu'aujourd'hui la lutte continue. Sans aucun mot d'ordre, sans même que les responsables en soient avertis, la grève a continué la veille et ce mercredi elle s'étend encore. C'est la première grève générale de l'histoire. Elle va paralyser le pays pendant plusieurs jours. L'ambiance au lycée est festive. Les trois quarts des professeurs sont syndiqués, il est donc naturel qu'ils aient suivi le mouvement mais les autres aussi, même les plus rangés habituellement approuvent ces revendications comme légitimes. La journée s'organise dans la cour et sous le préau principalement. Peu de parents ont envoyé leurs plus jeunes enfants en classe sachant qu'il n'y aurait pas cours. Le lycée est donc peuplé d'adolescents et d'adultes de tout âge. Même si naturellement des groupes se forment par les affinités habituelles de cette année scolaire qui va vers sa fin, des échanges ont lieu. Les meneurs s'informent et informent. Ils vont donc de groupe en groupe, encouragent les timides à faire valoir leurs idées, tempèrent ceux qui sont favorables à des actions commando, prennent conseil auprès des professeurs.

Les surveillants et les jeunes professeurs se sont rassemblés dans le triangle de pelouse qui sépare la cour du parking des professeurs tout en haut du bâtiment. Là ils bénéficient de l'ombre des arbres. Ils débattent un bon moment sur les chiffres des manifestations à Paris, à Toulon, sur le calme relatif de celle de Toulon. Claire témoigne des violences dont elle a failli pâtir. Lorsqu'elle précise à la bibliothécaire qui le lui a demandé que c'est un policier qui l'a sorti d'affaire, cela déclenche un débat enflammé sur la position de la police à ces événements. Quand le calme revient dans le groupe, Claire de sa voix fluette conclut.

— Il ne faut pas généraliser.

Daniel, un surveillant, sort sa guitare et plaque quelques notes pour se dégourdir les doigts.

— Qu'est-ce que je vous joue?

Chacun y va de la sienne. Il commence par une chanson de Jacques Brel. Puis tout le monde l'accompagne pour chanter «siffler sur la colline» qui est en passe de devenir leur hymne.

— Est-ce que tu sais jouer les Moody Blues? demande Claire.

— Je ne l'ai pas fait souvent mais allons-y.

Il se reprend deux ou trois fois pour trouver le bon tempo puis joue *Night in white satin*.

Claire pose ses mains dans l'herbe derrière elle. Elle lève la tête et offre son visage aux rayons du soleil qui percent le feuillage. Tandis que Daniel joue, que le soleil fait flamboyer les reflets cuivrés sur la tête de Claire, elle est au Pussy-cat. Les mains de Nans plaquées dans son dos sont deux brasiers qui enflamment tout son être. Elle se fond contre son corps souple et musclé. Son souffle lui chatouille le cou sous les cheveux. Sa joue effleure sa tempe, il a dû se raser avant de venir car sa peau est douce là où la barbe brune assombrit sa peau. Le nez contre son épaule, elle se remplit de son odeur. Je voudrais être là longtemps, longtemps…

— Claire ! Viens nous aider.

Claire tombe de son nuage rose et atterrit brutalement dans la pelouse de Beaussier. Un élève de terminale avec lequel elle a sympathisé hors de l'établissement est devenu l'un des meneurs. Il est sous le premier préau avec ses collègues, monsieur Zedaure et Madame Caillol. Elle les rejoint et s'enquiert de leurs besoins.

En fait ils souhaitent rédiger un cahier de doléances mais ils l'expriment intuitivement et voudraient qu'elle leur donne les termes juridiques exacts pour que leurs écrits soient considérés exploitables. Monsieur Zedaure s'en est tenu à la rhétorique, Madame Caillol à la syntaxe, la grammaire et l'orthographe. Il leur faut quelqu'un qui s'y connaisse en institution, droit, sociologie. Bref, la prof d'éducation civique leur a semblé tout indiquée. L'après-midi se passe à débattre sur les idées à retenir pour figurer dans le document final.

Du côté des forces de l'ordre, c'est une journée administrative. Il faut rédiger les rapports, les taper, les reproduire, les envoyer. Les personnes interpellées doivent être entendues, leur déclaration intégrée au rapport. Ceux qui ont commis des violences devant être déférées au parquet qui est en grève, ce qui ne simplifie pas les procédures. Toute la journée les policiers s'attèlent à ce fastidieux mais nécessaire travail. En fin d'après-midi les cellules sont presque vides, les rapports presque tout finis. Les gars soufflent enfin quand le divisionnaire Marchetti appelle tout le monde pour le briefing de la journée de jeudi. Personne ne sait ce qu'il va se passer le lendemain, la France est en roue libre. Le peuple fait ce qu'il veut. Grève assurément, manifestation peut-être... Il faut penser à toute éventualité. Marchetti libère ses hommes à 19 h, presque pas en retard. Les quatre inspecteurs passent par le port pour s'offrir une bière. Les bars sont en grève. Ils vont chez Nans et refont le monde toute la soirée. Lorsqu'ils partent, Nans est tellement fatigué qu'il s'écroule sans avoir le temps de revoir en pensée son moment favori, le slow avec Claire.

Chapitre 14

Jeudi 16 mai 1968

De Gaulle est toujours en Roumanie et ne semble pas inquiété de ce qu'il se passe en France. C'est son Premier ministre Georges Pompidou qui doit se débrouiller avec les révoltes estudiantines, la grève générale. Celui-ci reste de marbre face aux insultes de la foule. Néanmoins il fait placer une surveillance près de son domicile dès la mi-journée. Plusieurs sites sont atteints par une paranoïa de l'occupation. Le directeur du Louvre restreint les entrées, l'ORTF craint l'arrivée des étudiants, une école reçoit un appel anonyme la menaçant d'incursion.

Au commissariat la tension est partiellement retombée. Il n'y a plus de manifestants dans les cellules. Les rapports sont presque tous édités. La routine revient tout doucement. Du coup Nans reprend ses virées en ville pour maintenir ses réseaux actifs et flairer les coups qui se préparent. Il ne peut s'empêcher de passer par la place Puget. Maintenant, grâce à la déposition de Claire, il connait son adresse. Il s'aperçoit que la mélodie qu'il s'était arrêté écouter un soir venait de chez elle. Il s'installe au café à côté de la fontaine, regarde les fenêtres derrière lesquelles elle vit. À cette heure-ci elle doit être au lycée. Puis il réalise que c'est jeudi, jour de congé hebdomadaire des écoles. Son cœur s'emballe, et si elle était chez elle. Peut-être l'a-t-elle vu de sa fenêtre.

— Zut, en plus de détester les flics, elle va me trouver pitoyable à faire le Romeo sous sa fenêtre.

Claire a traîné dans son lit une bonne partie de la matinée. Elle est plongée, en ce moment, dans un roman fraîchement sorti. Il s'appelle « Le garde du cœur » et a été écrit par une femme qui symbolise la femme libre, Françoise Sagan. C'est un petit roman, une histoire d'amour qui défie les conventions. Tous les ingrédients pour passionner Claire qui l'a dévoré. Toute la famille est sortie à ses occupations, elle est seule dans l'appartement. Maintenant qu'elle gagne sa vie, Claire a envie d'avoir son chez elle. Mais il lui faut attendre d'être titulaire c'est-à-dire encore sept mois, avec les vacances en moins, donc cela fait une année scolaire entière, dans un an. Avec l'impatience de son âge, elle trouve que c'est une éternité. Ici c'est compliqué d'inviter ses collègues, il y a toujours quelqu'un d'autre au salon et recevoir dans sa chambre plus de deux personnes ce n'est pas terrible. Ne parlons pas du jour où elle fréquentera un garçon, si jamais il habite aussi chez ses parents, ils en seront réduits à se voir en cachette, à l'extérieur et bien entendu impossible d'avoir une relation plus intime.

Tout à coup l'image de Nans vient s'interposer.

— Où habite-t-il ? Chez ses parents, tout seul ? De toute façon on s'en fiche, il ne m'intéresse pas.

Elle va s'habiller et décide de déjeuner sur la place. Il est trop tard pour un petit-déjeuner et le bar de la fontaine a un plat du jour raisonnable. Dans une légère robe vert océan fleurie de blanc, elle dévale les escaliers, surgit sur la place le rose aux joues. Nans la repère immédiatement et une fois de plus, il est ébloui par sa silhouette et son allure. La petite robe laisse découvrir ses longues jambes dorées par le soleil, la jupe volette au rythme de ses pas, la taille fine est bien marquée. Son regard poursuit sa remontée et s'attarde sur le décolleté sage mais affolant pour ses yeux amoureux. Il abandonne à regret la naissance des seins pour suivre son cou gracieux jusqu'à son visage. Elle est reposée, heureuse, belle tout simplement. Elle a choisi une table au soleil en bord de terrasse et s'installe. Aussitôt le serveur s'approche, elle est là en voisine, il lui fait la bise. Quelques minutes plus tard, il revient avec un plat du jour et un verre de rosé bien frais. Épicurienne, se dit-il en se levant. Il est l'heure de rejoindre ses collègues qui l'attendent sur la place de la Liberté. Il quitte à regret son observation.

Claire lève la tête de son assiette pour boire une gorgée. Le verre au bord des lèvres, elle croise le regard de Nans qui passe dans la rue. Un bref éclair de joie traverse ses pupilles avant que ses sourcils ne se froncent et que son regard se détourne. Nans a saisi l'éclair au vol et son pas s'est soudainement allégé. Il ne veut pas tenir compte du changement d'humeur immédiat et c'est le sourire aux lèvres que Giacomo, Roland et Michel le voient arriver.

La salade de poulpe que déguste Claire a soudain moins de saveur. Elle fait erreur sur ses sentiments en se disant que, décidément, la vue de ce policier gâche jusqu'au goût des plats les plus savoureux. Alors que c'est tout simplement le manque de sa présence pour partager son repas qui la travaille sans qu'elle le reconnaisse.

Dès son repas fini, elle va flâner vers la porte de l'Arsenal où sont installés les employés en grève. Elle aperçoit Julien Mesnard et le rejoint. Il est en discussion avec un officier qui, lui, est à l'intérieur. En s'approchant, elle reconnaît Auguste Leduc, le beau-frère de Julien. Après les embrassades ils bavardent sur la situation de chacun. Julien taquine un peu son beau-frère.

— Je suis obligé de faire la grève pour deux, vois-tu. Sa Seigneurie, le grand capitaine de vaisseau Leduc ne peut pas se permettre d'avouer qu'il soutient la plèbe estudiantine.

Auguste a de la répartie.

— Tu aimes trop faire valoir ton héroïque passé de résistant sauveur de la France pour que je te vole la vedette une fois de plus, vieux frère.

Claire les regarde attendrie par l'amitié indéfectible qui unit ces deux-là depuis les bancs de l'école navale. Même si l'un des deux a choisi la carrière civile, leur amitié a perduré plus fort que les liens familiaux. Une fois de plus, l'image de Nans revient à son esprit, entourée des trois autres policiers qui sont ses amis. Décidément ces carrières en uniforme créent des liens indéfectibles entre les hommes. Cela l'interpelle, elle se promet d'y réfléchir et même d'en parler à Monsieur Zedaure, c'est un sujet social proche de la philosophie. Elle pense à ses collègues, elle aussi s'est fait des amies pendant ces trois années d'école normale. Mais ces filles s'avèrent tellement conventionnelles dans leur vie privée que plusieurs ont déçu Claire et elle se rend compte qu'elle s'en éloigne peu à peu. Souvent elle s'entend mieux avec les hommes qui ont une vision de la société plus libertaire que les femmes.

Tandis que les quatre inspecteurs retournent à leurs enquêtes au commissariat, Claire laisse l'Arsenal pour flâner sur le port. Le ferry qui va en Corse est à quai, sûrement frappé par la grève aussi. Elle revoit le village de Corte où Mame Lisandra les a emmenés Alain et elle quand ils avaient une dizaine d'années. La nature sauvage les avait fascinés. Ils avaient fait connaissance avec une ribambelle de cousins plus ou moins éloignés. Tout ce qu'elle avait retenu, c'est que Lucas, le frère de sa grand-mère l'avait aidé à venir à Toulon autrefois et c'est ainsi qu'elle avait rencontré Pape4 Uguet. Il y avait aussi Piero et Ange, qui avaient fait la guerre et avaient retrouvé Eugénie, Julien et Auguste à la Libération. Son père n'ayant pas de frère et sœur, tous les cousins de Louis lui avaient servi d'oncles et de tantes. C'était comme ça que Tonin, qui lui venait de Salernes comme Pape Uguet, avait connu Violette, la jumelle de Rose, l'épouse d'Auguste Leduc. Ainsi tous faisaient depuis partie de la famille. Claire se dit qu'elle se sentait bien dans sa famille et qu'elle aimerait que celui qu'elle choisirait s'y sente tout aussi bien et réciproquement.

— D'où venait Nans ? Avec un prénom pareil, il devait être provençal. Mais c'est grand la Provence. Avait-il des frères, des sœurs ? Et puis quelle importance, ce n'est pas lui qu'elle choisirait, non, sûrement pas !

Ce soir-là Nans rentre enfin à une heure raisonnable. Machinalement il allume la télé pour regarder « les chevaliers du ciel ». Il aime bien les facéties des deux pilotes. Cette fraternité lui rappelle son groupe d'amis. Mais il avait oublié la grève et tombe sur la mire de la première chaîne devant laquelle défile le bandeau s'excusant pour le désagrément. Il n'a pas le courage de se lever à nouveau pour éteindre. La musique fait un fond sonore discret. Il ferme les yeux et se laisse aller à rêver. Cet après-midi il a fait des recherches dans les archives, il a trouvé la trace de la grand-mère paternelle de Claire, Lisandra Jauffred née Leccia. C'était une flûtiste de l'Opéra de Toulon jusqu'à la fin des années 50. Il avait ainsi trouvé les comptes-rendus de la police sur les activités de résistance d'une Eugénie Leccia domiciliée place Puget chez les Jauffred. Il comprend mieux à présent l'esprit frondeur de Claire. Les femmes de sa

---

4. « Papy » en provençal.

famille ne se sont pas contentées d'être des mères au foyer. Et les Leccia sont des Corses. Il a un ami corse à Cotignac. Il a eu l'occasion de passer des vacances dans une famille près de Ponte-Leccia. Il sait la mentalité des familles dans le centre de l'île même aujourd'hui. Alors dans les années 40 et a fortiori dans les années 20! Les parentes de Claire ont dû faire preuve de caractère pour réussir à venir sur le continent et y faire leur vie en travaillant. Nans s'endort, la télé allumée, une ronde de femmes corses dans la tête.

Chapitre 15

Maintenant que la grève générale illimitée est reprise par les organisations syndicales, celles-ci comptent bien mener les débats. Ainsi l'intersyndicale fait remarquer aux étudiants de la Sorbonne et de Nanterre que certains points demandés ne sont pas souhaitables. Par exemple les étudiants contestent les modalités et le principe même des examens comme source d'attribution des diplômes. Ces étudiants appelés les situationnistes quittent la Sorbonne laissant leurs collègues occuper l'université.

À Beaussier tout est calme, les groupes d'étudiants rédigent leur carnet de doléances. Les débats sont parfois animés mais constructifs. Les professeurs qui laissent traîner leurs oreilles de-ci de-là, sont épatés parla maturité et la pertinence des conversations.

Ces mêmes professeurs essaient de maintenir le niveau de certains élèves parmi les premières et les terminales qui doivent passer le bac en juin. C'est bien beau la grève, mais les examens auront lieu à la date prévue. Ainsi pendant que les uns rédigent leur manifeste, d'autres jouent de la guitare, font des parties de cartes ou de Monopoly. Et dans le haut de la cour, quelques petits groupes font des maths, du français, de la physique. Et les plus assidus surprennent parfois les enseignants qui n'auraient pas parié un kopeck sur leur volontariat.

Claire aide les troisièmes pour la préparation du brevet. Aujourd'hui elle s'occupe de géographie avec trois élèves en difficulté. Ils peinent à se souvenir du tracé des fleuves français. Mais elle est tout de même arrivée à leur faire intégrer la notion de Communauté européenne. Le créneau horaire qu'ils se sont fixés tire à sa fin. Les fleuves sont presque à leur place. Ils sont contents de leurs progrès.

— Mademoiselle, on peut en refaire une demi-heure demain ?

— Bien sûr, 10 h, ça vous va ?

— Plutôt 9 h 30, moi j'ai maths à 10 h.

— Topé, dit claire en tendant sa paume.

Les trois élèves tapent chacun leur tour la paume de la professeure. Deux se lèvent et s'éloignent. Le troisième semble avoir quelque chose à dire. Claire l'interroge du regard.

— Je peux vous poser une question personnelle ?

— Dis toujours, je verrai si je réponds.

— Est-ce que ça ne vous fait pas bizarre d'être avec un policier ?

— Mais je ne suis pas avec un policier, d'ailleurs je ne suis avec personne. D'où est-ce que tu sors ça ?

— Ma sœur vous a vu au Pussy-cat avec un copain du fiancé de sa copine. Et le copain, il est flic.

Claire est tellement sidérée de la question qu'elle en oublie de rectifier le vocabulaire du garçon. Elle ne peut même pas danser un slow avec quelqu'un sans qu'on la fiance d'autorité, avec lui en plus.

— Bon, oublie ça et file. Et dis à ta sœur de mieux se renseigner avant de raconter des ragots à tout le monde.

Claire n'en revient pas. Lorsqu'elle rejoint ses collègues, elle hoche encore la tête, ce qui provoque naturellement des questions. Elle explique le ragot, la question du petit frère, sa surprise.

— Parce que tu vas nous faire croire que tu n'en as pas envie ?

Claire tombe des nues. Ses copines connaissaient cette rumeur et y croyaient, et elles ne lui en ont même pas parlé. Elle les plante là dépitée par leur attitude. Décidément ses fréquentations s'avèrent bien décevantes se dit-elle ne supposant pas une seconde que ce soit elle qui fasse erreur sur ce qu'elle souhaite réellement.

Au commissariat, Nans n'a pas ce problème. Ses amis savent qu'il est amoureux de Claire et que la tigresse ne veut pas être domptée. Ils attendent la suite du feuilleton avec impatience. Celui qui a des soucis aujourd'hui c'est le professeur de sport de l'institution Sainte-Marie à La Seyne. Il est venu voir Louis, son confrère, à la pause méridienne et lui a demandé une faveur. Sa cave a été cambriolée et il doit aller déposer plainte au commissariat. Inquiet de cette démarche et sachant que Louis réside à Toulon comme lui, il est venu lui demander de l'accompagner. Celui-ci n'hésite pas une minute et les voilà dans le couloir du commissariat. Un agent les prend en charge et prend la déclaration du vol en compte. Il demande à Louis s'il est témoin. Louis a bon cœur et accepte même s'il n'a pas vu la cave en question.

— Nom, prénom, adresse, s'il vous plaît.

— Jauffred, Louis, 6 place Puget.

Nans qui passe à ce moment-là entend le nom et l'adresse. Il se retourne pour regarder qui est cet homme qui habite chez Claire. Vu son âge et l'évidente ressemblance, c'est son père. Mais oui, c'est celui avec qui elle descend la rue d'Alger tous les matins.

— Des ennuis, Monsieur Jauffred ?

— On se connait? Monsieur.

— Non, mais je connais votre fille. Nans Grimaud.

— Ah, bien. Je vous remercie, monsieur Grimaud. C'est mon confrère qui dépose une plainte. Rien de grave.

Nans poursuit son chemin. Louis se dit c'est donc lui «Le» Nans. C'est un bel homme, jeune, inspecteur apparemment. Dommage que Claire ne supporte pas les policiers.

Chapitre 16

Samedi 18 mai 1968

Les lycéens sont un peu inquiets ce matin. Normalement hier aurait dû avoir lieu la première journée du bac 68 avec l'épreuve de philosophie. Monsieur Zedaure est passé voir les terminales qui veulent en savoir plus.

— Sera-t-il reporté ? Annulé ?

— En juin, en juillet, en septembre ?

— Et si c'est annulé, faut-il qu'ils redoublent tous ?

— À moins qu'il ne soit réduit en contrôle continu…

Le pauvre professeur de philosophie doit faire appel à tous les principes des grands philosophes pour garder son calme. Il finit par obtenir un semblant de silence et peut enfin répondre qu'il n'en sait rien puisque la grève se poursuit, le gouvernement ne peut pas décider quoi que ce soit.

— À vous, dans votre manifeste, de faire des propositions raisonnables pour que vous ayez votre bac sans que le gouvernement vous en fasse cadeau ni que les professeurs soient obligés de corriger des copies jusqu'à fin juillet. Ajoute-t-il un sourire taquin aux lèvres.

Les terminales enchantées d'avoir leur mot à dire sur cette étape cruciale de leur cursus, filent aussitôt dans un coin de la cour s'atteler à trouver les meilleures solutions possibles. La matinée s'écoule sans anicroche et Claire rentre à Toulon à midi sereine et détendue. Cet après-midi elle doit retrouver quelques copains sur la plage de la tour Royale.

L'eau est encore fraîche pour se baigner mais c'est tellement agréable de faire une partie de volley les pieds dans l'eau.

Du côté du commissariat c'est la même paisible atmosphère qui règne. Il n'y aurait pas les incessantes menaces dont la police parisienne fait l'objet, tout irait bien. Malgré tout le divisionnaire Marchetti reste sur le qui-vive et épluche toutes les dépêches qui arrivent dans le télex. Avant de lâcher ses hommes en début d'après-midi le temps d'un petit weekend tranquille, il leur répète encore.

— Si vous entendez la moindre menace concernant votre personne, la police, les bâtiments de l'institution, vous me prévenez aussitôt via le standard de permanence.

— Oui Chef, répond le cœur des voix masculines qui lui fait face.

Les quatre jeunes compères filent vers leurs bureaux respectifs récupérer leur veste pour partir. Ils ont décidé en chuchotant pendant la réunion, une sortie plage. Ils leur restent à se mettre d'accord car Michel et Giacomo veulent aller au Pradet alors que Roland et Nans préfèrent la tour Royale. C'est finalement Le Pradet qui l'emporte.

Arrivée chez elle, Claire est assaillie par Alain qui vient juste de raccrocher le téléphone.

— Sœurette, il faut que tu viennes avec nous. Ça va être super.

— J'ai déjà une sortie de prévue. Tu vas où ?

— Au Pradet, à la plage et ce soir on fait des grillades et on danse.

Claire est obligée de reconnaître que ce programme est bien plus excitant que le volley entre filles, lesquelles filles l'intéressent de moins en moins.

Elle se laisse convaincre rapidement et invente un rendez-vous oublié pour se décommander auprès de ses copines. Ils doivent prendre des vélos pour s'y rendre car depuis hier la SNCF et tous les transports en commun sont en grève. Ils ont rendez-vous vers 4 h, ils ont tout leur temps pour se préparer. Ce que Claire n'a pas demandé à son frère c'est le nom des autres participants. Ce qu'Alain s'est bien gardé de dire à sa sœur c'est que Jean, un des membres du groupe d'Alain, connait Giacomo, inspecteur ami de Nans, et leur a dit de venir.

C'est donc dans l'idée de bien s'amuser que les deux Jauffred d'un côté, les quatre inspecteurs de l'autre partent de Toulon en direction du Pradet. La route est agréable en vélo, les onze kilomètres ne s'avèrent pas difficiles. La route chemine dans la plaine après la petite côte à la sortie du Mourillon. Habitués à se rendre chez les Mesnard dont la villa est sur cette corniche, Alain et Claire franchissent la grimpette en bavardant. Ils vont sans se presser en discutant de leur semaine de grève respective. Une quarantaine de minutes plus tard ils débouchent en vue de la plage de la Garonne.

Il y a déjà pas mal de monde. Il faut dire que le beau temps, le samedi et la grève cumulés ont fait sortir les familles. Le groupe de jeunes gens a commencé à s'installer à une extrémité et occupe déjà une belle surface. Claire et Alain déposent leurs vélos contre la barrière et descendent sur la plage. Les sandales sont vite rangées, tellement le plaisir de mettre les pieds dans le sable est grand. Ils posent leur sac avec tous les autres. Alain en deux mouvements a ôté short et polo et commence à faire le tour pour saluer tout le monde. Claire s'installe plus calmement, salue déjà ceux qui sont à proximité. Elle est en train de ranger sa robe dans son sac quand elle voit arriver Nans et ses amis.

Trop tard pour se défiler, en plus ils descendent le muret juste à sa hauteur. Nans est très visiblement troublé par la vue de Claire en bikini. Les copains qui ont intercepté la direction de son regard le taquinent abondamment. Mais une fois lui-même en maillot de bain, c'est Claire qui subit les moqueries affectueuses des filles. Involontairement elle détaille le corps musclé de Nans et Isabelle, sa confidente, dira plus tard qu'elle le regardait comme un gâteau au chocolat plein de chantilly.

Pour le moment une grande partie de ballon s'engage. Deux équipes sont formées, les autres jouent les supporters. Chacun oublie sa soif de l'autre et s'amuse. Les jeunes gens n'avaient pas prévu de se baigner mais à force de rattraper le ballon dans les vagues et de s'éclabousser pour marquer un point, ils finissent trempés.

L'après-midi touche à sa fin. Les familles sont rentrées. Restent les jeunes assis dans le sable. Les maillots ont séché, ils ont remis les polos, les robes, les shorts... Ce n'est que la mi-mai, le fond de l'air est vite frais. Tout à coup le feu vert est donné pour la récolte de bois. Ils veulent faire un feu de camp, il faut donc du bois, ils s'éparpillent, ramassent du bois flotté. Claire va à la lisière de la pinède chercher des pignes et des aiguilles de pin. Elle a emprunté le chapeau de paille de François pour transporter des aiguilles. Elle y retrouve Nans qui a eu la même idée. Surpris, ils en rient.

— Voilà ce que c'est que d'avoir de la famille à la campagne, remarque Claire.

— À la campagne, où est ta famille ?

— Mes grands-parents paternels sont de Salernes et de Corse. Question ressource naturelle j'ai été à bonne école. Et toi ?

— Je viens de Cotignac. Pour réchauffer des maisons troglodytes il faut être opiniâtre, crois-moi.

Ils poursuivent leur récolte en faisant concurrence de leur savoir en matière de ressources que leur offre la nature. Ils évoquent leur enfance dans les bois, les grottes pour Nans, à la rivière ou dans l'usine de Pape Uguet pour Claire. Ils en oublient ce qui les sépare aujourd'hui et reviennent ensemble les bras chargés de pignes, le chapeau rempli d'aiguilles craquantes qui font merveille pour démarrer le feu. Car le bois flotté humide et salé prend difficilement.

Il fait nuit à présent. Le feu illumine une bonne portion de plage. Tout autour filles et garçons bavardent, grignotent les provisions sorties des sacs, des paniers. Des guitares commencent à se chauffer. Une bouteille de rhum circule avec un verre à liqueur suspendu à son goulot. Chacun s'en sert une lampée et boit dans le petit verre. Les esprits s'échauffent assez pour accompagner en chantant les guitaristes fins prêts. Ils enchaînent les balades de Trenet, Moustaki, Aznavour, Brassens. Alain repense soudain à son harmonica au fond de son sac. Il réveille l'assistance avec quelques rythmes plus rapides et joyeux. Il joue avec les guitares, chacun tape dans ses mains ou sur un djembé. Une fille se lève et danse dans la lueur des flammes, bientôt imitée par ceux qui n'ont pas d'instrument. Claire se lève sur un air vif. Elle tourne sur elle-même, ses bras forment des vagues autour d'elle, sa jupe s'envole laissant voir ses jambes élancées dans le contre-jour du feu. Nans continue de jouer de la guitare sans la perdre des yeux. Elle tourne en même temps autour du feu, s'arrête à sa hauteur, capte son regard, elle s'arrête de tourner et finit le morceau en se laissant choir dans le sable comme un foulard lorsque le vent tombe. La bouteille de rhum arrive dans les mains de

Nans, il sert un verre, le passe à Claire qui en boit la moitié, il finit l'autre moitié et fait circuler le breuvage. Il pose sa guitare, se lève, tend la main à Claire.

— On va marcher un peu.

Elle se laisse relever, laisse sa main dans celle de Nans. Ils s'éloignent. Giacomo donne un coup de coude à Alain.

— C'est bon cette fois. Ils ont rangé les Colt.

Absorbés par l'obscurité, ils sont maintenant hors de vue des autres. Le feu fait une tache lumineuse au fond entouré d'ombres mouvantes desquelles de temps en temps fuse un éclat de rire.

— On retourne. Je n'ai pas chaud loin du feu.

— Claire.

Elle se tourne machinalement à son appel. Il se penche et effleure ses lèvres. Elle est troublée, plus que ce qu'elle imaginait, mais son trouble réveille ses idées préconçues. Elle se recule, lâche sa main.

— Tu crois au père Noël, Monsieur l'Inspecteur, je ne fréquente pas les flics.

Et elle le plante là pour retourner auprès du feu avec ses copines.

— Je crois que les Colt ne sont plus au holster, reprend Alain en la voyant revenir seule avec son air buté.

Nans ne comprend pas ce qu'il y a de si honteux à embrasser un policier. Il ne comprend pas qu'elle soit si douce, si femme et l'instant d'après une tigresse toutes griffes dehors parce qu'elle s'est souvenue qu'il est inspecteur. Comment faire pour lui expliquer ? Roland, Michel et Giacomo ont beaucoup de peine à distraire leur ami qui est effondré devant la réaction de Claire.

— Il y a du progrès, note Michel toujours optimiste, c'est elle qui est venue te brancher avec sa danse hypnotique.

— Elle t'a suivi, rajoute Roland.

— Elle t'a laissé l'embrasser sans te gifler, complète Giacomo.

— Sa réflexion valait plus qu'une gifle, je t'assure, murmure Nans abattu.

Lorsque tout le monde rentre en voiture, en scooter, à vélo, Alain fait la leçon à sa sœur sur le chemin vers Toulon. Elle ne répond pas, bornée dans son raisonnement. C'est qu'en fait elle ne réussit pas admettre qu'elle se conduit comme une gamine. Alors qu'en réalité elle meurt d'envie d'être dans ses bras, de l'embrasser. Mais pour rien au monde elle ne l'avouera pas même à sa propre conscience.

Chapitre 17

Dimanche 19 mai 1968

Tandis que la jeunesse toulonnaise s'amusait sur la plage la veille, à Paris l'ambiance n'était pas aussi détendue. En fin d'après-midi un message anonyme arrive par téléphone à la préfecture de police. Celui-ci annonce tout bonnement que le théâtre de l'Odéon doit sauter à 17 h 30. Le policier qui reçoit l'appel vérifie machinalement l'heure sur le mur en face de lui : 17 h 29. L'alerte est donnée mais rien ne se passera. Une heure plus tard, on signale que, au magasin Manufrance de la rue du Louvre, un individu a acheté un bon nombre de matraques en caoutchouc pour les distribuer dès la sortie à des jeunes. D'autres en auraient acheté ce jour même. D'autres magasins, contactés, annoncent une baisse significative de leur stock. La préfecture suspend la vente de ses objets.

En cette fin de matinée, filles et garçons s'éveillent, s'étirent, heureux de leur après-midi et de leur soirée. Pendant ce temps-là à Paris, l'hôtel Plaza Athénée voit sa façade bardée de deux banderoles affirmant que l'hôtel est aux mains de son personnel mais que les clients continuent à être servis.

La tension monte dans l'après-midi quand les chargés de l'ORTF à la tour Eiffel reçoivent un appel anonyme signalant la présence d'une bombe sur le pilier Ouest. La police vérifie de toute urgence. Rien. Et ainsi de suite toute la fin de la journée. Les policiers sont sur les dents et commencent à être agacés de se faire promener d'un bout à l'autre de Paris pour rien.

Marchetti, qui épluche toutes les dépêches dans son bureau, grommelle.

— Ça, c'est fait exprès pour m'énerver les gars et les pousser à la faute. Ils veulent casser du flic, c'est tout.

Nans qui a été appelé pour faire le point avec lui, est encore dans les brumes de sa soirée si bien commencée et si mal finie. Ce qui lui fait répondre.

— C'est vrai, qu'est-ce qu'ils ont tous à vouloir la peau de la police ?

Le divisionnaire lève la tête. Le ton véhément est inhabituel chez l'inspecteur Grimaud.

— Et bien, Grimaud, ça sent le vécu votre question. Vous avez été victime de discrimination vous-même ?

Nans réalise qu'il a réagi par rapport à Claire et essaie de se justifier sans y faire allusion.

— Bien entendu, dans la rue quand les manifestants nous identifient comme policier, ils nous insultent, nous prennent à partie.

Il montre les restes de la balafre sur sa joue.

— D'où pensez-vous que ça vient ? Un bout de palette que j'ai esquivé de peu.

— Soyez prudent, Grimaud, vous avez lu les violences dont ont été victimes nos confrères parisiens. Vous savez que ce que l'on voit à la télévision est minimisé par rapport à la réalité. Alors, laissez les violents entre eux. Contentez-vous de protéger les manifestants pacifiques et vous-même.

Nans salue son commissaire et se tourne pour sortir.

— Et, Grimaud, passez la consigne à vos collègues. Pas de zèle. Je vous veux entiers à la fin de cette chienlit.

Assis sur le rebord de la fontaine, genoux relevés, le menton posé dessus, les mains croisées sur ses tibias. Claire est furieuse contre elle-même.

— Qu'est-ce qu'il m'a pris ? Tout était si bien. J'ai adoré marcher main dans la main dans le noir avec lui. J'ai dansé pour lui plaire, l'envouter, comme si c'était nécessaire, ça marchait à fond. Et patatrac ! Au moment où il m'embrasse, j'ai cette réaction idiote. D'accord c'est un flic, d'accord il fait un métier de répression, de sanctions. Et pourquoi n'utilisais-je pas mon pouvoir sur lui pour le lui faire comprendre. Vraiment, je suis plus bête qu'un poisson rouge !

Alain et Louis la regardent depuis la fenêtre.

— Elle est revenue seule, en colère. Et lui il suivait avec un air de chien battu complètement paumé, finit Alain.

— Je ne comprends pas son attitude. Je l'ai croisé l'autre jour au commissariat ce jeune. Il a l'air bien sympathique.

— Il joue super bien de la guitare.

L'argument musical, dans la famille Jauffred, c'est essentiel.

— Le pire c'est que ça la rend malheureuse, ajoute Louis.

— Que se passe-t-il ? Interroge Hélène en s'approchant à son tour de la fenêtre.

Lorsqu'elle voit l'objet de leur intérêt, elle s'adosse au buffet avec un « ah ! » qui constate quelque chose donc elle connait déjà la nature.

— Ne vous inquiétez pas. Elle lutte contre elle-même. Et là, telle que vous la voyez. Elle est en train de perdre. Il lui reste juste accepter sa défaite.

En bas Claire semble avoir fini son introspection. Elle relève la tête, s'apprête à se lever. Louis qui est resté à regarder sa fille commente.

— Je crois que l'armistice n'est pas pour aujourd'hui.

En effet Claire traverse la place, le dos droit, l'air décidé, le pas vif. Elle a plus la silhouette de quelqu'un qui part au combat que d'un vaincu heureux.

— Oh, zut ! Le pauvre Nans, ce n'est pas gagné, conclut Alain.

Du coup Hélène revient sur ses pas mais ne voit plus sa fille. Par contre la porte d'entrée vient d'être fermée avec une vigueur qui annonce l'humeur de celle qui tient la poignée. Les pas énergiques ne viennent pas jusqu'au salon et la porte de la chambre de la jeune fille subit le même sort que celle de l'entrée. Les trois autres membres de la famille se regardent en soupirant, les jours prochains vont être difficiles. Quand Claire est de mauvaise humeur, tout le monde en pâtit.

Celle-ci s'est laissé tomber sur son lit et semble réfléchir, les yeux fixés sur le plafond, les sourcils froncés, la bouche pincée. Elle est en proie à un conflit intérieur qu'elle a du mal à maîtriser. D'une part, elle refuse le mensonge et la tromperie d'autre part la seule façon de donner une leçon à ce flic est de lui faire croire qu'il lui plaît puis le laisser tomber froidement. Son éthique personnelle se heurte à cet aspect-là. Ce qu'elle ne s'avoue pas c'est que, comme elle meurt d'envie de céder à ses avances, lui faire croire qu'elle y cède l'arrange en fait parfaitement. De toute façon il n'y a pas de raison qu'elle le revoit avant plusieurs jours. Cela lui laisse le temps de réfléchir.

Chapitre 18

Le matin de ce lundi, la grève générale devient officielle. Pour le moment elle est annoncée d'une durée de vingt-quatre ou quarante-huit heures. Malgré l'ambiance inédite de ce mois de mai 68, les professeurs n'en croient pas leurs yeux. Habitués à des mouvements quasi institutionnels d'une journée à l'automne, puis une au printemps, la nouvelle les prend comme un orage de grêle. L'intersyndicale subit la pression de ses adhérents et décide la grève illimitée. Ce matin historique du 20 mai, quatre-vingt-dix pour cent des professeurs sont en grève.

Cette victoire des revendications surprend tellement les contestataires eux-mêmes qu'ils avancent dans les couloirs et la cour ne sachant que faire. Le proviseur lui-même désorienté remet les clés des portails à un groupe de professeurs.

— Tenez, faites ce que vous voulez, moi je ne dirai ni ne ferai rien contre vous, annonce-t-il avant de se retirer.

Ainsi commence l'occupation du lycée Beaussier de La Seyne. Les élèves et les professeurs créent des groupes de permanence. Il faut faire des rondes pour éviter les incursions des extrémistes qui risquent d'être violents. Nuit et jour tous vont se relayer, ils dormiront dans les locaux de l'intendance. Claire se porte volontaire pour la première nuit. Elle fera un saut chez elle dans l'après-midi pour prendre le nécessaire pour la nuit et de quoi dîner.

L'occupation c'est un peu plus la fête que la grève de la semaine précédente. On partage tout avec les professeurs, avec les élèves des autres niveaux.

Les uns découvrent des élèves passionnés, interlocuteurs de qualité. Les autres réalisent que les professeurs ne sont pas englués dans le conservatisme, ils veulent que ça change, que la structure scolaire évolue. Chacun fait des propositions, temporise celles qui vont trop loin, dépoussière celles qui sont trop timides.

En ville les habitants découvrent peu à peu l'étendue de la grève. Les tramways ne circulent plus. Les hôpitaux sont en grève et n'acceptent plus que les urgences. Ce matin les éboueurs ne sont pas passés dans les rues de Toulon et certaines poubelles sont laissées sur le trottoir remplies à ras bord. Lorsque Claire veut retourner à Toulon pour récupérer des affaires pour la nuit, elle constate que les ferries ne circulent plus. Comment rentrer chez elle ? Elle finit par être emmenée par un ouvrier du chantier qui rejoint les ouvriers de l'Arsenal pour une réunion syndicale. Il la dépose place d'Armes non loin de chez elle.

Les rues dégagent une drôle d'atmosphère, c'est lundi, et pourtant il y a du monde dans les rues et ce ne sont pas des familles comme le samedi, ce sont des groupes d'adultes qui en général ont des discussions animées. Claire rejoint l'appartement désert, elle constitue un sac avec son nécessaire de rechange et de quoi faire sa toilette, elle récupère dans la cuisine de quoi manger ce soir. Au dernier moment elle attrape un livre puis elle passe à la pharmacie avertir Hélène qu'elle reste à La Seyne pour la nuit et qu'elle y va en vélo faute de transport. Elle repart légère, heureuse de ces moments de lutte sociale si bien qu'elle entend la question de sa mère in extremis.

— Et ton père, comment va-t-il rentrer ?

— Je passerai le prévenir avant de monter au lycée. Il ne va pas être le seul. Habituellement le bateau est plein. Ne t'inquiète pas s'il rentre tard.

Il est déjà 4 h passé, elle doit y aller si elle ne veut pas rater son père. Elle enfourche son vélo et prend la direction de La Seyne. Contourner la rade est beaucoup plus long que de la traverser, il va lui falloir une bonne heure pour y être. Elle appuie sur les pédales avec vigueur et passe, sur le boulevard au croisement de l'avenue Vauban, sous le nez de Nans sans le voir.

Nans attend pour traverser. Il doit aller à la gare pour vérifier un témoignage en rapport avec un cambriolage. Il regarde passer les véhicules sans vraiment les voir quand un cycliste attire son attention. C'est Claire qui pédale d'un air déterminé à arriver vite à destination. Le panier sur le porte-bagage est bien rempli. On va-t-elle donc ? Il la détaille au passage, elle ne l'a pas vu. Décidément son air farouchement déterminé la rend très sexy. Son cerveau fait des déductions par habitude.

— Elle est en pantalon donc elle ne va pas au lycée, pas à cette heure-là en plus !

Il l'a suivi du regard et en oublie presque la couleur du feu piéton qui vient de passer au vert. Le temps de traverser le boulevard et ses pensées reviennent à son enquête.

— Il ne faudrait pas que je la croise en pleine action, se dit-il, ce serait dangereux.

Il n'est pas fâché de reprendre la routine des enquêtes. Les manifestations qui tournent à la guerre civile, ce n'est pas son travail préféré, même si cela lui a permis de se rapprocher de Claire. Malheureusement une nouvelle manifestation est annoncée pour mercredi. Pourvu que

Claire ne se mette pas en danger à nouveau. La première fois elle avait eu beaucoup de chance d'être bloquée au bord de la foule et à proximité d'une intersection et, bien entendu, non loin de sa position à lui. Un autre policier ne l'aurait peut-être pas repérée aussi vite et ne serait certainement pas intervenu avec autant de zèle. Elle aurait été en plein milieu du flux des manifestants, elle aurait pu tomber, être blessée, voire piétinée. Rien que d'y penser lui donne des sueurs froides. Il faudra qu'il trouve un moyen de l'avoir à l'œil sans négliger ses fonctions. Si seulement elle pouvait comprendre qu'il faut être prudente. Il faudrait qu'il explique à son frère les astuces pour participer tout en étant à l'abri des trublions. Si c'est lui qui lui prodigue des conseils peut-être en tiendrait-elle compte.

Reste à rencontrer Alain sans forcément aller sonner chez eux. Nans range ce projet dans un coin de sa mémoire car il est arrivé à la gare. Tous les guichets sont fermés, les quais sont vides, il ne risque pas de poser de question à qui que ce soit. Il n'y a que les banderoles « en grève », « travailleurs, les syndicats doivent évoluer » pour l'accueillir. Il ressort sur l'esplanade et regarde autour de lui. Les bars sont fermés, les bâtiments de bureau ont les volets clos, pas moyen d'avoir des informations de ce côté-là. Il reste le clochard assis sur les marches de la fontaine. Nans se dirige vers lui, l'air avenant afin de ne pas l'effrayer, il sait qu'il identifie la plupart des policiers de la ville. Après l'avoir salué, Nans s'assoit sans façon sur les marches à côté du clochard et entame ses questions. Une vingtaine de minutes plus tard, le jeune inspecteur a obtenu des indications très intéressantes sur les suspects tandis que le clochard pourra se payer un ou deux repas avec le billet laissé par Nans. Satisfait, il redescend l'avenue Vauban en reliant les différents faits connus. Il commence son rapport dès son retour et ne lève le nez de sa machine à écrire que deux après. Lorsqu'il voit l'heure, il bondit de sa chaise. Ce n'est pas en sortant du boulot à 20 h passées qu'il pourra rencontrer le frère de Claire. Il range correctement ses affaires et prend la direction de la place Puget. Par chance, Louis rentrant tard faute de ferry, Alain est resté sur la place avec ses copains. Nans et Giacomo qui rentrent ensemble, se mêlent aux jeunes étudiants, bavardent un peu avec tout le monde. Nans prend Alain en aparté pour le mettre en garde en ce qui concerne sa sœur.

— Je vois que tu commences à l'avoir bien cerné. T'inquiète pas, je ferai passer les recommandations de sorte qu'elle en tienne compte. Je pense que l'incident de l'autre jour l'a marqué. Même si elle est toujours à fond sur les revendications, elle est plus réservée quant aux manifestations.

— Tant mieux, je ne pourrai pas être toujours au bon endroit au bon moment.

Chapitre 19

Mardi 21 mai 1968

Le lycée est en effervescence, la manifestation du lendemain doit être significative. Elle doit montrer qu'étudiants et enseignants ne lâchent rien et sont déterminés à aller jusqu'au bout de cette grève illimitée. La soirée au lycée a été fort sympathique. Il y a eu de la musique jusque tard dans la nuit et les premiers arrivés ce matin ont tiré du lit les occupants encore ensommeillés. Claire a fait une ronde de surveillance avec Monsieur Zedaure, qu'elle appelle désormais Henri. L'atmosphère du lycée, silencieux dans la pénombre, les a d'abord mis mal à l'aise. Une école doit être vivante, remplie du bruit des élèves, voir l'envers du décor leur a procuré une drôle de sensation. Puis au cours de leur ronde, ils ont apprivoisé cette sensation et les murs leur ont restitué les échos des quelques années qu'ils avaient vécu dans ce jeune établissement.

Les deux grévistes ont alors imaginé ce que pourraient raconter ces mêmes murs après la grève et dans dix ans, ou vingt ans, allez savoir ! Ils se sont dit que ce serait un bel exercice d'écriture d'imagination qu'il faudrait faire faire à leurs élèves, s'ils étaient professeurs de français ce qui n'était pas le cas.

Aussi comme Madame Caillol arrive ce matin, ils lui offrent un café et expliquent la genèse de leur idée. Madame Caillol est une femme très ancrée dans son rôle de pédagogue et croit dur comme fer dans le bien-fondé du programme établi. Elle conçoit donc de réfléchir à ce sujet de composition mais uniquement lorsque le programme, on pourrait presque y mettre une majuscule, en ferait état. Claire et Monsieur Zedaure se plongent alors dans les six énormes tomes des Lagarde et Michard pour y trouver les écrits d'imagination. Cet exercice leur permet d'occuper une partie de la matinée en débat et joutes intellectuelles sur la littérature française. Zedaure et Claire s'entendent comme larrons en foire lorsqu'il s'agit de discuter sur les idées.

Cet après-midi se déroule une importante rencontre entre les représentants des chantiers navals et les délégués du lycée. Suite à la première manifestation, le 13 mai, un des délégués syndicaux des chantiers avait laissé entendre que le lycée avait soutenu les hommes des chantiers auparavant et qu'il était normal de leur rendre la pareille. Dans la réalité les relations sont restées distantes, chacun a manifesté pour sa cause, le seul soutien venait de leur présence dans le même défilé. L'entrevue avec les gars du chantier se déroule dans la salle des professeurs. Les enseignants sont chez eux, ils essaient de se faire discrets. Le dialogue doit rester entre ouvriers et étudiants. Les représentants syndicaux sont mal à l'aise dans le temple de la culture qu'ils n'ont pas fréquenté. Autant être reçu chez les patrons de l'Industrie ne les intimide pas ; autant cette ambiance de culture omniprésente les déstabilise. De ce dialogue ressortira simplement le constat suivant : les uns réfléchissent, les autres travaillent. On ne peut pas comparer. Chacun sera présent pour l'autre par solidarité pour le petit qui cherche à obtenir mieux du puissant, mais sans compréhension du contenu.

Les lycéens sont soulagés de les voir repartir. Beaucoup ont remarqué les pesants regards des plus jeunes sur les filles. Le fossé entre les professeurs qui réclament de moderniser les diplômes et les ouvriers qui veulent empêcher la fermeture de leur site est trop grand. Les uns se battent pour des idées, les autres pour être payé. Comme le redira le soir même Henri Zedaure :

— On ne peut pas comparer.

Du côté du commissariat central de Toulon, le commissaire divisionnaire Marchetti enchaîne les briefings. Tout d'abord le gros des troupes, en uniforme, qui protégera les rues tout le long du parcours. Il réunit ensuite les chefs de groupe des pelotons de CRS revenus en renfort. Eux seront en frontal en cas de dérapage. Ils devront rester hors dispositif mais toujours à proximité et prêts à intervenir. Enfin le dernier briefing de la journée est pour sa garde rapprochée, les inspecteurs en civil. Ils sont mêlés au cortège avec pour charge de signaler tout début de violence mais sans s'exposer.

— Pas question de jouer les sauveurs, précise Marchetti en cherchant Nans Grimaud du regard.

Celui-ci dont la balafre sur la joue se voit encore, se cache derrière ses collègues, il sait que c'est lui que les yeux du chef tentent de localiser dans la salle. Du coup c'est Giacomo qui prend à sa place.

— Montebello, vous passerez le message à votre collègue. S'il ne l'a pas entendu de là où il est caché.

Les policiers autour de Giacomo se tournent pour saisir sa réaction mais ce mouvement découvre Nans.

— Ah ! Vous êtes là, Grimaud. Vous entendez, pas de zèle. Je veux toute l'équipe en un seul morceau jeudi au rapport ici même à 9 h. Allez vous reposer, vous aurez besoin de toutes vos facultés demain.

Il est 18 h, les quatre copains se retrouvent sur le port, ça faisait un moment que le commissaire ne les avait pas lâchés sitôt une veille de manif. Ce n'était pas bon signe. Ils flânent un moment puis décident de récupérer des boissons chez Roland et d'aller se poser sur la petite plage de la tour Royale, histoire de décompresser. Aussitôt dit, aussitôt fait, à 19 h les quatre jeunes hommes sont adossés aux rochers et bavardent en contemplant la mer.

— Vous vous souvenez de Valérie ? interroge Michel.

— Celle qui est couturière à La Farlède ? se fait préciser Roland.

— Oui, celle-là. Je l'ai revue dimanche dernier.

L'attention de ces trois amis lui est toute acquise. Ils veulent en savoir plus.

— On va se voir un peu plus régulièrement, continue l'intéressé.

— Ça ne veut pas dire grand-chose ça, mon grand, le coupe Giacomo.

— Non, renchérit Nans, vous êtes ensemble ou tu dois encore y travailler ?

— On s'est embrassé.

Murmure d'approbation des trois compères.

— On a flirté.

Exclamations de surprise et sifflements l'admiration.

— Bref, on est ensemble, oui.

Les bravos et les félicitations fusent.

— Et je crois que je suis amoureux.

Huées des copains.

— Et elle ? se fait préciser Roland.

— Elle aussi.

— Comment ça, elle aussi, tu lui as dit ?

— Ben oui, avoue Michel.

Hourra des trois amis.

— Quand est-ce les fiançailles ? taquine Nans.

— Quand tu auras dompté ta tigresse. Je vous invite tous les deux à mes fiançailles.

L'enthousiasme de Nans est retombé d'un seul coup. Le souvenir cuisant de la soirée du samedi précédent revient comme une gifle en pleine face. Ses amis le rassurent, le réconfortent mais il doute de plus en plus. Il en est venu à penser que Claire ne ressent que de l'attirance physique pour lui. Donc elle se laisse enlacer, embrasser parce que son corps le demande. Mais elle n'est pas amoureuse sinon elle passerait outre ses idées, ses opinions, si têtue soit-elle. Il est alors torturé entre deux options, profiter de son attirance pour avoir une aventure sans lendemain ou bien essayer de l'oublier. À aucun moment il n'envisage de continuer à se battre pour la conquérir, son rejet samedi dernier l'a blessé profondément. À ce jour il n'est plus sûr de rien concernant ses capacités à émouvoir une fille. Il n'a qu'une envie, s'investir à fond dans son boulot et l'oublier. Ses amis ont de la peine pour lui. Mais qu'y faire ?

C'est à Claire de ne plus se voiler la face et d'admettre ses sentiments. Ils en ont parlé avec son frère. Ce dernier est certain qu'elle a plus que de l'attirance physique pour lui. Elle a déjà eu des flirts et elle ne se comportait pas ainsi. Voilà qui est rassurant mais ne donne pas le délai dans lequel elle déposera les armes.

Chapitre 20

Mercredi 22 mai 1968

Le 22 mai la France se réveille paralysée. Dix millions de salariés ne peuvent ou ne veulent travailler. Les syndicats débordés au début de ce mouvement spontané reprennent les rênes.

À Paris les craintes de violence sont élevées mais un énorme problème se pose aux autorités : l'approvisionnement de la ville de Paris. Le commissaire spécial des Halles Centrales délégué par la préfecture contrôle les arrivages de marchandises et rédige un rapport quotidien. Les quantités entrantes diminuent de jour en jour. Ainsi en une semaine le volume de viande est passé de mille cent soixante-quinze tonnes à seulement huit cents ce jour. Les risques de pénurie se concrétisent et il faut pouvoir l'empêcher. Seulement les manutentionnaires sont en grève, les grossistes également, les bouchers ne font plus la découpe, la garde des secteurs fruits et légumes n'est plus assurée. Autre pénurie paralysante : l'essence. Les entrepôts pétroliers alimentant Paris doivent être protégés pour que les véhicules de livraison des denrées alimentaires puissent continuer à officier. Puis c'est le tour des pompes réservées au service de santé qui doivent être mises sous surveillance.

Dans le Var toute l'activité est paralysée. Les pôles industriels comme les chantiers de la Méditerranée à La Seyne, l'arsenal militaire à Toulon sont à l'arrêt. Les services publics, les restaurants, les bars, les hôtels, les transports en commun sont en grève. La ville est fermée, vide sauf les jours de manifestation. Et ce 22 mai est prévue une immense manifestation à Toulon regroupant tous les corps de métier en grève du département, c'est-à-dire quasiment toute la population active du moment plus les étudiants. Chaque camp fourbit ces armes. Les manifestants préparent des kilomètres de banderole, fabriquent des dizaines de pancartes portant leur colère, leurs doléances, crachant leur venin sur l'état, la police, le Général de Gaulle. Des dizaines de véhicules arrivent des quatre coins du département remplis de manifestants de toutes les zones actives du Var.

La police essaie de se répartir dans la ville le plus discrètement possible pour ne pas créer de provocation. Mais ils doivent être présents car au moindre dérapage le paisible défilé se transformera en guerre civile. Les pompiers et urgentistes sont sur le pied de guerre car qui dit dérapage et violence, dit forcément des blessés plus ou moins graves et de chaque côté. Déjà que lors des manifestations calmes il y a toujours des malaises, des chevilles tordues par un trottoir masqué par la foule, des pieds écorchés par des chaussures inadaptées et mille autres petits bobos, alors dans ce chaudron prêt à entrer en ébullition que va être le centre-ville aujourd'hui, il faut tout envisager.

Les CRS ont été répartis dans les plus grandes villes de la région. Nice et Marseille ont monopolisé le plus gros des pelotons. Toulon se contentera du reste. La préfecture a donc demandé à la gendarmerie nationale et la gendarmerie maritime de leur prêter main-forte. Mais les gendarmes maritimes ne s'opposeront pas aux ouvriers de l'Arsenal qui sont leurs collègues au quotidien. Tous ces éléments mis bout à bout font que le dispositif, censé protéger à la fois la ville et les manifestants, tient plus de la cocotte-minute sous pression que de l'eau calme d'un lac. Le divisionnaire

Marchetti est inquiet, il n'a pas beaucoup dormi cette nuit, et en ce moment, une heure avant le début du rassemblement du cortège, il arpente le couloir de long en large fébrilement.

Les hommes ne sont pas moins nerveux. Ils ont vécu la première manifestation de diverses façons selon le secteur où ils se trouvaient. Certains n'ont fait que regarder passer la foule hurlante, d'autres n'ont pas eu cette chance et ont eu à intervenir pour préserver des personnes ou des biens comme Nans l'a fait avec Claire et son groupe de collègues. Quelques-uns portent encore des cicatrices de leur intervention, et en civil ils ne peuvent pas porter de protection. Ce sont donc des policiers inquiets mais décidés qui commencent à sortir du commissariat pour se disséminer dans les rues de Toulon.

Marchetti a distribué les secteurs en fonction de la connaissance des quartiers de chacun. Sur ce principe Nans aurait dû être soit à la hauteur de la mairie, car il connait la vieille ville comme personne, soit derrière le stade Mayol, habitant dans le secteur de la Porte d'Italie c'est un quartier qu'il maîtrise également. Seulement le commissaire a une confiance absolue dans la capacité de Nans à réagir au bon moment et en prenant la bonne décision.

Il le positionne donc le plus souvent en binôme avec les plus expérimentés. Nans profite ainsi de leur enseignement, tandis que les anciens bénéficient de sa condition physique car il faut souvent courir, sauter voire frapper. Aujourd'hui le divisionnaire n'a pas dérogé à ses principes. Giacomo se retrouve à la mairie pour la vieille ville, Roland s'occupe du secteur Mayol/porte d'Italie, Michel garde le quartier entre la préfecture et l'hôpital Sainte-Anne. Quant à Nans, il se retrouve une fois de plus en première ligne. Les échauffourées sont attendues au niveau du palais de justice.

Il est vrai que la large place bordée par le lycée Bonaparte et le jardin de la ville constitue un lieu propice à une halte puisqu'il y a deux institutions contestées côte à côte. De plus l'Arsenal est à deux rues, tout ce qu'il faut pour que les participants s'échauffent et que le ton monte. Nans a prévu de se poster tranquillement dans le jardin public et de surveiller la place de cette position légèrement surélevée. Mais quand il y arrive, il constate que la commune a prudemment verrouillé les grilles. Il lui faut reconsidérer sa position. Où se mettre? Finalement il opte pour le côté gauche du monument aux morts. Il y a un renfoncement au cas où il faudrait se retirer, on peut monter sur le rebord de la stèle puis en se tenant aux grilles on domine l'ensemble de la place, et si vraiment il faut fuir l'avenue Lazare-Carnot est juste à deux pas, elle est large et donne sur des rues nombreuses et aboutissant au pont du chemin de fer notamment.

Pour le moment le boulevard est désert. Tout est fermé, la circulation a été coupée, la colonne est encore loin. Adossé au monument, il ferme les yeux, savoure les rayons du soleil sur son visage. Il en profite car bientôt il fera chaud et il regrettera de ne pouvoir se mettre à l'ombre. Il laisse son esprit vagabonder. Inévitablement il revoit les moments passés avec Claire. Si seulement elle pouvait comprendre son métier. Il s'apitoie quelques minutes sur son sort et puis se dit qu'un peu plus de combativité serait peut-être nécessaire. Il décide de ne pas fuir s'il la revoit et même de se montrer entreprenant. Il va la faire céder par le physique à défaut du mental.

Alors qu'il fourbit ses armes contre Claire, celle-ci brandit sa pancarte bien haut. Elle a concocté un slogan à faire bondir tout le commissariat.

« Enseignant tous devant
Policier au panier. »

Les étudiants l'entourent enthousiastes.

— On aurait pu faire la même avec étudiant à la place des enseignants, constate l'une.

— Elle est super, s'exclame une autre.

Claire joue les modestes mais n'est pas peu fière de sa trouvaille, même si son frère lui a fait un sermon sur la police. À croire qu'il les défend !

Peu à peu la foule se met en marche, la foule se regroupe, la chenille humaine se constitue et s'étire sur une belle longueur. Certains crient des slogans, d'autres bavardent entre eux, quelques-uns avancent en silence. Le parcours est le même que la première fois. La majorité le connaisse, sait où se font les arrêts. De temps en temps les rangs de tête relancent les slogans, chantent l'Internationale ou autre chant contestataire. Claire, après une première partie du trajet plein d'enthousiasme, écoute les propos dénonciateurs des syndicats devant la préfecture. Elle se dit qu'elle n'approuve décidément pas tout, ni le ton agressif qui est employé, ni le vocabulaire injurieux utilisé pour qualifier les institutions. Lorsque le cortège s'ébranle à nouveau pour rejoindre le point d'orgue du défilé, le boulevard de Strasbourg, elle est songeuse. Claire réfléchit à ce que les lycéens ont écrit dans leur manifeste, combien ils ont mis de soin à ce que leurs idées ne soient pas mal interprétées, soient réalisables et au final prises en compte. Elle le compare avec les bruyantes, vulgaires et brouillonnes réclamations des ouvriers de tous bords. Elle s'interroge sur le bien-fondé de cet amalgame. Il faudra qu'elle en débatte avec Monsieur Zedaure. Elle émerge de sa réflexion au niveau de l'Opéra. Ces pensées vont alors vers sa grand-mère Lisandra. Elle l'a eu au téléphone deux jours auparavant. Claire lui a confié ses idées de réforme, ses doutes par rapport à Nans. Elle lui a parlé de son histoire avec Pape Uguet qui n'avait pas été facile à concrétiser bien qu'ils étaient sûrs de leurs sentiments. Elle a aussi parlé de l'histoire de sa nièce Eugénie et de Julien qui se sont aimés pendant la guerre sans savoir si leur avenir pourrait être commun. Mame Lisandra avait conclu en conseillant à sa petite-fille de laisser parler son cœur et son corps sans s'arrêter à ses idées. Claire avait été un peu surprise que sa grand-mère fasse allusion à son corps. Lisandra l'avait senti et lui avait affirmé que quelle que soit l'époque, le désir de l'être aimé avait toujours été difficile à juguler. Claire avait saisi le sous-entendu et sourit. Voilà pourquoi Lisandra et Eugénie avaient la réputation de femmes indépendantes et modernes.

Les manifestants arrivent au lycée Bonaparte. Une halte est prévue devant le palais de justice. La foule se répand sur le carrefour jusqu'aux grilles du jardin de la ville. Claire passe devant le monument et va s'adosser à un platane de l'autre côté de l'avenue Lazare-Carnot. Nans la regarde traverser sa pancarte à la main. Il pince les lèvres en lisant la ligne concernant la police et baisse la tête, à nouveau résigné. De l'autre côté Claire vient de le reconnaître, il surveille la foule qui défile devant lui, perché sur le muret du monument. Elle en profite pour l'observer. Son polo vert amande épouse les muscles de son torse et le fait paraître encore plus large des épaules. Le jean et les mocassins souples rajeunissent sa silhouette. On dirait juste un étudiant cherchant quelqu'un dans la foule. Il a l'air triste, c'est dommage il est si séduisant quand il sourit. Claire a envie de le voir sourire. Sans réfléchir, elle retraverse l'avenue, se place près du mur et appelle.

— Nans ! Nans !

Il baisse la tête vers la voix qui l'appelle, il la voit à ses pieds et ne peut s'empêcher de sourire. Claire ressent immédiatement l'effet de ce sourire en une vague brûlante qui remonte de son ventre vers ses seins. Elle déglutit et entrouvre les lèvres. Nans, fasciné par cette bouche offerte comme un papillon par la lumière, saute en bas du muret, se retrouve face à Claire. Sur son impulsion il passe son bras derrière son cou et embrasse ses lèvres brûlantes. Claire se laisse faire et répond à ce baiser. Mais des exclamations s'élèvent de la foule. Nans, alerté, relève la tête. Des échauffourées se produisent devant le palais de justice. Il plaque Claire dans le recoin du monument en lui intimant de rester là, à l'abri, et tout en sortant sa radio pour avertir les CRS, il fend la foule en direction des bagarreurs. Claire revoit en quelques secondes l'incident de la première manifestation et panique. Elle se blottit dans l'encoignure tout en essayant de repérer Nans perdu dans la mêlée. Elle réalise tout à coup les dangers qu'il court en exerçant ce métier. Tout ça pour des fauteurs de trouble qui ne le méritent assurément pas, se dit-elle.

Elle entend les sifflets des policiers en uniforme puis elle voit les CRS arriver et sortir les bombes lacrymogènes. Elle sait qu'il faut qu'elle s'en aille et se protège mais elle aimerait savoir où est Nans. Quand tout à coup elle repère la tignasse bouclée sur le perron du lycée. Il invective ses hommes et leur montre la voie à suivre. Rassurée, elle s'éclipse avant que la fumée ne l'atteigne.

Une fois les CRS sur place, Nans grimpe quatre à quatre les marches de l'entrée du lycée Bonaparte pour se mettre à l'abri des fumigènes. Maintenant qu'il domine la foule, il cherche Claire du regard, il la repère tapie contre la clôture du jardin. On dirait un petit animal affolé, une vague de tendresse le submerge. Il n'a qu'une envie fendre le tohu-bohu et la rejoindre, la protéger de ses bras et la sortir de là. Mais ce n'est pas possible pour le moment. Les CRS sont en train de préparer les gaz lacrymogènes. Pourvu qu'elle ait la présence d'esprit de se sauver, pense le jeune inspecteur. Il regarde encore une fois vers le jardin et voit la silhouette de la jeune enseignante qui marche rapidement vers le haut de l'avenue. Soulagé, il reporte toute son attention sur ses fonctions.

Bien plus tard dans la soirée, Claire, assise dans le salon place Puget, rumine les événements de la journée. Ce qu'elle a vu et vécu a ébranlé ses certitudes. Elle lutte contre ces sentiments qui la submergent mais le dernier rempart se fissure.

Nans au même instant est au commissariat en plein débriefing de la journée, ensuite il faudra trier les interpellés et recueillir leur témoignage. La journée va être encore longue avant que tout soit clair et qu'il puisse rentrer chez lui.

Chapitre 21

Jeudi 23 mai 1968

Cette fois le divisionnaire Marchetti n'a accordé aucune liberté à ces hommes. Ils sont partis tard hier soir et arrivés tôt ce matin. Les dépositions sont empilées dans les corbeilles, et les prévenus ont presque tous été libérés. Mais dans quatre jours aura lieu une autre manifestation prévue encore plus volumineuse que les vingt mille participants de celle-ci. Il faut tirer les leçons de la veille et les adapter au lendemain.

Finalement les violences ont été minimes hier. Rien n'a été cassé, il y a eu seulement des bagarres entre gens échauffés par la journée. Les inspecteurs sont fatigués mais ils se mettent à l'œuvre sans hésiter, de leur travail dépend la sécurité des manifestants, des habitants de la ville, et de leurs collègues policiers en uniforme et CRS qui doivent pâtir le moins possible des dérapages.

Les manifestations de lundi prochain doivent être préparées minutieusement en deux jours. Le commissaire a été formel, il ne veut voir personne au travail ce weekend. Ce sera détente en famille ou entre amis obligatoire.

Claire est retournée au lycée. Elle y retrouve élèves et professeurs tous d'accord sur le succès de la manifestation de Toulon ainsi que du mouvement général qui a eu lieu en France. Les commentaires vont bon train et sont parfois opposés. Ils sont en tout cas tous enthousiastes et ont hâte de se préparer pour le lundi suivant. Claire entraîne Monsieur

Zedaure à part pour aborder le dilemme qui la taraude. Elle lui expose son problème, mais parle des lycéens et de leur manifeste face aux ouvriers et leur réclamation vulgaire, brouillonne et si bassement pécuniaire. Henri Zedaure démontre point par point que le manifeste des lycéens comporte des éléments bassement égocentriques à défaut d'être pécuniaire. Claire hoche la tête, elle ne voyait pas les choses sous cet angle. Effectivement quelques doléances n'ont pas vraiment lieu d'être. Monsieur Zedaure poursuit en reprenant les plus importantes demandes des ouvriers des chantiers. Il lui fait admettre qu'elles sont liées au maintien de leur outil de travail, à la sauvegarde de leur salaire et par là à celle de leur famille. Certains font des vers spirituels sur la banderole, à l'opposé des autres qui insultent et crient leur rage de perdre leur vie. Mais chacun s'exprime avec ses mots, son vocabulaire et doit respecter l'expression des autres comme aussi légitime que la leur. Claire encaisse la leçon sans rien dire. Le professeur de philosophie lui a bien fait comprendre la fatuité de sa pensée dans ce domaine. Elle se lève, s'éloigne sous le préau et rentre dans le bâtiment. Elle arpente les trois étages l'un après l'autre en laissant voguer son esprit. Elle retient plusieurs fois l'image de Nans qui passe trop vite devant ses yeux. Elle revit ses sensations, ses mains contre elle, sa bouche sur la sienne, sa langue qui s'est immiscée entre ses lèvres pour la première fois, le vide soudain quand il était parti d'un coup faire son devoir. Elle se voit dans la manif avec une grande pancarte marquée :

Policiers et enseignants

Avec les ouvriers en avant

Un véritable hymne à la fraternité sociale. Si seulement c'était possible se dit-elle. Et vu ce qu'il se prépare à Paris, la fraternité n'est pas pour demain. Car le gouvernement voyant le pays paralysé veut reprendre les choses en main. La préfecture de police de Paris reçoit l'ordre directement du ministre. Il faut contenir les troubles dans le Quartier latin. Il est hors de question que « Dany le rouge » continue à embraser la France. Daniel Cohn-Bendit est devenu la bête noire des renseignements généraux.

En répercussion, les groupes de province s'enflamment. Les dirigeants à tendance gauchiste, voire communiste, veulent suivre Cohn-Bendit et haranguent leurs partisans à participer à une manifestation terrible le lundi 27. La police de son côté prévoit des heurts en grand nombre et compte bien les borner à des zones le plus limitées possible. Les salles de briefing des commissariats de toutes les régions résonnent de consignes et d'avertissements. Il ne faut rien laisser passer, aucun débordement ne peut être toléré, interpeller toute personne faisant acte de violence ou de résistance aux ordres. Tout en essayant de ne pas s'exposer inutilement car le nombre de blessés dans les forces de l'ordre augmente à chaque événement et grève les effectifs.

Nans marque une pause dans sa lecture du compte-rendu national que lui a passé Marchetti. Ses yeux se perdent dans le vague, le brouhaha du commissariat ne l'atteint plus, il pense à Claire. S'il pouvait lui montrer ces documents et certains autres qui ne circulent qu'au sein du ministère de l'Intérieur, elle aurait une autre vision des événements. Comme il aimerait s'enflammer avec elle sur les changements de la société. Lui aussi a envie que certaines choses évoluent, si son métier le permettait il grossirait volontiers les rangs des manifestants. Les jeunes gens de moins de trente ans comme eux n'ont pas subi la guerre, ils étaient trop petits ou pas nés comme Claire et Nans. Ils aspirent à un monde plus vertueux. Toutes ces images se bousculent dans la tête du jeune homme qui est soudain ramené sur terre par un collègue qui l'interpelle. Il range mentalement la banderole qu'il tenait avec Claire en défilant sur le boulevard sous les yeux de ses confrères. L'esprit encore embrouillé, il répond à Michel.

Claire, de son côté, a passé un long moment à la bibliothèque après sa balade dans les couloirs. Elle a épluché tout ce qu'elle trouvait sur le général de Gaulle, sur le boom économique d'après-guerre, sur l'industrialisation. Elle comprend mieux à présent les orientations prises par le chef de l'État mais ne les excuse pas toutes, seulement elle cible au mieux ce qu'il est nécessaire de demander et ce qu'il n'est pas utile voir dangereux d'obtenir. Au fil des pages du journal Le Monde qu'elle a parcouru, elle est tombée sur des articles relatant le travail des forces de l'ordre en arrière du mouvement populaire. Cela lui permet de réaliser l'importance et le rôle dans la protection du peuple contre lui-même et l'ampleur des dégâts matériels et humains. Lors de la lecture de ces articles, ses pensées vont vers Nans. Elle le revoit en train de l'invectiver sur son imprudence et comprend mieux son inquiétude. De temps en temps une image tragique s'interpose, Claire ne peut s'empêcher de voir le jeune policier bousculé, mis à terre, rossé par des manifestants déchaînés. Cela la glace. Ce soir elle dort au lycée, ne pas être seule l'aidera à calmer ses pensées morbides. Depuis trois semaines elle se sent perdue, désorientée, à cause des événements, à cause de Nans, de toutes ces choses qui font éclater son univers rose bonbon en mille morceaux de toutes les couleurs. Il faut qu'elle réussisse à rassembler les couleurs positives.

Chapitre 22

Vendredi 24 mai 1968

Une atmosphère particulière réveille le lycée Beaussier de La Seyne ce matin. Aujourd'hui les parents ont été invités à venir participer au débat. Cette intrusion des parents dans le monde de l'école est innovante car à part un rendez-vous individuel provoqué par un professeur ou un parent, le proviseur en cas de problème grave de discipline, les parents ne passent jamais les grilles. Le lycée est le domaine de leurs enfants et ils n'y ont aucun droit de regard. Professeurs et élèves vont ce vendredi recevoir des pères, des mères et discuter avec eux librement sans l'arbitrage des adultes. Lorsque les premiers arrivent, les élèves sont parfois surpris car leurs parents n'en avaient pas parlé ou, pire, avaient fait état de leur opposition à cette idée. Ils regardent évoluer leurs aînés vaguement inquiets de leurs réactions. Puis les débats sont ouverts, dans les classes principalement par commodité pour les parents, et, dans l'esprit de ces adultes, ayant pour la plupart connu la guerre, s'infiltre un air de fierté et d'étonnement. Souvent les parents ont l'impression que leurs adolescents sont frivoles, écervelés, immatures. En assistant et en participant à ce débat, il constate que professeurs et élèves ont des échanges constructifs et bâtissent ensemble un texte élaboré dont il n'avait pas imaginé le degré de maturité. Claire, rayonnante de fierté, voit ses élèves de 3e démontrer à leurs professeurs, devant des parents époustouflés, l'importance d'une réforme du lycée.

Toute la journée selon leur disponibilité les adultes vont entrer et sortir du lycée. Ils ont découvert un aspect de leur rejeton qu'ils ne soupçonnaient souvent même pas.

À Toulon la préparation de la manifestation du lundi bat son plein. Des barrières ont été préparées pour empêcher les membres du défilé de se disperser dans la ville. Des tracts ont été distribués chez les riverains des rez-de-chaussée, commerçants, bureaux, habitations, afin de les inciter à fermer les volets, rideaux métalliques ou toutes autres protections contre les objets projetés quels qu'ils soient. Au commissariat tous les dossiers des deux précédentes manifestations sont bouclés et exploités. Les individus les plus susceptibles de dérapage sont sous haute surveillance.

Nans et ses collègues sont en train de se répartir les points sensibles à surveiller. Même s'ils sont en civil, au bout de trois semaines de grève et de mouvements sociaux, les organisateurs et les trouble-fête les ont identifiés. Il est inutile ce lundi de chercher la discrétion. Par contre il faut qu'il soit plus nombreux afin de ne pas laisser d'espaces non surveillés où des casseurs pourraient agir en toute impunité. Là est toute la difficulté. Les inspecteurs sont penchés sur le tracé du parcours que suivra le cortège. Heureusement pour eux celui-ci doit être déposé en préfecture deux jours ouvrables avant. Sur la carte le trait de feutre rouge serpente dans la ville, les petits drapeaux figurant les hommes ont déjà été épinglés à certains endroits. Il en manque encore beaucoup.

— Ils vont être encore plus nombreux que la dernière fois, s'inquiète Giacomo. Tout le département descend à Toulon.

— Ce qui veut dire que la procession va être encore plus longue, précise Roland.

— Les gars qui surveillent la queue vont mettre plus de temps à venir se placer plus avant, complète Michel.

Nans ne dit rien, il considère le plan fixement comme si les drapeaux allaient se disposer pertinemment tout seul comme par magie. Ses collègues se tournent vers lui, habituellement c'est lui qui a les idées, les solutions, c'est lui le leader. Nans sent les regards sur lui, il sait qu'ils s'attendent à ce qu'il résolve ce casse-tête. Mais dans sa tête une idée obsédante pollue sa réflexion : où se mettre pour protéger Claire contre les brutes, contre la riposte des policiers, contre elle-même ? Rien ne montre cet état d'esprit, aussi quand il plante ses collaborateurs sur place et sort, ils sont tous stupéfaits sauf ses trois amis qui devinent son tourment.

— Faut que je m'éclaircisse les idées, annonce-t-il en claquant la porte.

Claire est partie du lycée un peu plus tôt cet après-midi. Elle a pédalé tranquillement jusqu'à Toulon, et arrivée en vue de l'Arsenal, elle se dit qu'elle va aller bavarder avec les occupants. Occupants, oui, car depuis ce matin l'emprise de la Marine Nationale est occupée pendant la journée. C'est un événement sans pareil. Jamais un arsenal de terre ou de mer n'a été occupé par des grévistes. Claire pose son vélo chez elle et retourne jusqu'à la porte principale de l'enceinte. Une partie du piquet de grève est devant la grande grille qui filtre les entrées. L'intrépide enseignante s'approche du groupe sous les regards appréciateurs, les quolibets et les sifflets d'admiration des ouvriers. Elle essaie de les ignorer mais bout intérieurement. Aux abords du groupe, un des membres vient au-devant d'elle.

— On ne rentre pas, ma petite dame. Aujourd'hui il y a grève.

— Je ne souhaite pas entrer. Je veux juste discuter avec vous sur vos revendications.

— Vous êtes journaliste ? L'homme se renfrogne, l'air soupçonneux.

— Pas du tout, je suis enseignante. Je suis moi-même en grève. Nous occupons le lycée Beaussier à La Seyne.

Lui coupant la parole, le gars et plusieurs autres qui se sont approchés partent dans un grand éclat de rire. Une fois calmés, ils se moquent des enseignants, des fonctionnaires, des étudiants, de tous les gratte-papier et intellectuels qui veulent refaire le monde sans se salir les mains. Piquée au vif elle essaie de leur expliquer mais ils n'écoutent pas et s'esclaffent avec grossièreté en jetant des remarques de plus en plus inconvenantes sur les femmes qui portent le pantalon. La jeune fille, sentant l'atmosphère devenir oppressante, fait demi-tour et s'éloigne. Au moment où elle va pour traverser la rue, un jeune qui était présent à la soirée sur la plage du Pradet la reconnaît et s'écrit.

— Je la connais, elle fricote avec la police. Faut s'en méfier.

Claire furieuse s'engouffre dans les rues de la vieille ville. Décidément fréquenter Nans n'est pas de tout repos.

Ce dernier marche sans réfléchir à son chemin, ses pas le mènent dans les petites rues du vieux Toulon. Tout à ses réflexions il s'engage dans le passage du Globe. C'est un passage percé au rez-de-chaussée des immeubles reliant deux rues, en l'occurrence la place du Globe et la rue des Savonniers. Dans la pénombre du passage, il manque de heurter une jeune fille.

— Excusez-moi, mademoi…

— Toi ! Ne me touche pas ! Ne m'approche pas !

Claire excédée par les propos de l'ouvrier reporte sa fureur sur Nans.

— Espèce de...

Elle ne finit pas sa phrase Nans perd patience. Le cumul du stress des manifestations à protéger, la fatigue des heures passées à boucler les auditions, la tension que l'attitude de Claire crée entre eux, les sentiments puissants qui le dévastent, tous ces facteurs réunis font que l'agressivité inexpliquée de Claire envers lui, appuie une fois de trop sur les plaies à vif de son âme. Il réagit lui aussi avec excès. Le policier prend le pas sur le gentil garçon. En moins de temps qu'il n'en faut pour le dire, il saisit le bras de la jeune contestataire, il lui fait une clé destinée à immobiliser un prévenu et à le dissuader de fuir car le moindre mouvement de l'épaule renvoie une douleur fulgurante car la clé bloque un nerf. Immobilisée un bras tordu dans le dos, le visage à dix centimètres du sien, il lui annonce avec la froideur d'une colère contenue à grand-peine :

— Mademoiselle Jauffred, finissez votre phrase que je puisse vous embarquer pour insulte à un officier de police judiciaire.

Elle ferme la bouche qui allait à nouveau cracher du venin sur l'institution policière et ses éléments. Il semble se calmer. La poitrine de la jeune fille se gonfle au rythme de son souffle saccadé. Nans, à chaque inspiration, voit les seins effleurer le bord du décolleté de la chemise légère qu'elle porte ouverte largement. Lui a du mal à reprendre le dessus, une tempête de sensations prend naissance dans son corps. Ils sont face à face, la main droite de Nans maintient fermement le bras gauche de Claire contre son dos. Malgré la douleur, elle se tortille pour se dégager en fulminant de ne pouvoir rien dire. Ils se toisent du regard. Nans sent sa colère diminuer au profit d'une violente vague de désir qui est en train de le submerger. Claire ressent comme une brûlure le contact du bras du policier contre sa taille. Une furieuse envie de l'embrasser ou plutôt de mordre ses lèvres sensuelles lui vient du ventre et l'envahit. Profitant de l'attention faiblissante de Nans, elle dégage son bras, le prend par surprise par les épaules. Les leçons de bagarre de cour d'école de son frère lui reviennent à l'esprit. Elle sait comment utiliser la force et le poids de l'adversaire pour le terrasser. Il n'a pas le temps de réaliser ce qui lui arrive qu'il se retrouve plaqué au mur du passage. Il sent les reliefs inégaux des pierres contre son dos. Il n'a jamais été aussi heureux de perdre un combat. Elle peut bien faire ce qu'elle veut de lui, à cet instant la simple vue de cette furie lui retourne les sens. Il sent qu'il pourrait la saisir à son tour et l'embrasser par surprise, il est sur le point de calculer comment s'y prendre mais en une seconde il oublie tout car Claire se hisse sur la pointe des pieds et saisit ses lèvres vigoureusement et les mord sauvagement. Il sent le goût chaud du sang sur sa langue. Elle se calme un peu, se contente de les mordiller. Elle se détend et ses mains se décrispent sur ses biceps, glissent autour de son cou, saisissent fermement les boucles sur sa nuque. Leurs corps réagissent aussitôt et leurs mains entourent l'autre, le caressent, le serrent encore plus contre l'autre. Ils s'abandonnent dans un baiser chargé de toute la tension accumulée depuis des semaines, c'est une bourrasque, un torrent grossi par l'orage. Ils se dévorent goulûment le cou, les lèvres, les oreilles, la bouche. Enfin ils se séparent, mais à peine, juste le recul nécessaire pour se regarder, non, se détailler, se dévorer du regard. La faim qu'ils ont l'un de l'autre est incommensurable. Ils se regardent, Nans fait pivoter Claire contre le mur à son tour sans douceur il l'enveloppe de sa grande silhouette et l'embrasse à son tour avec la violence de celui qui a souffert mille affres avant d'en arriver là. Par ce baiser il lui raconte ses nuits blanches, ses marches solitaires à chercher le pourquoi de son animosité, les absences en plein briefing parce qu'un mot de Marchetti l'a propulsé sur la plage ou au Pussycat. Elle lui répond en s'excusant et pour ça son corps parle à sa place. S'ils n'étaient pas dans la rue, ils n'auraient déjà plus de vêtements. Enfin ils se reculent, se regardent, essoufflés, vaincus, heureux.

Les yeux dans les yeux, la tension retombe peu à peu. Nans n'ose pas prononcer le premier mot par crainte de la voir retourner dans sa carapace de colère. Claire, les idées totalement confuses, essaie de récupérer une vision claire de cette rencontre. Mais son corps refuse de laisser penser son esprit. Elle n'a qu'une volonté, reprendre possession de cette bouche, de ce corps, de le sentir contre elle, sur elle, en elle...

Claire dérive vers les chutes lorsque deux femmes entrent dans le passage en bavardant haut et fort. Les deux tourtereaux pris sur le fait deviennent écarlates et se séparent prestement. L'obscurité ne risque pas de dévoiler leur émoi pourtant. Les deux femmes passent, elles baissent le ton et on les entend glousser en sortant du passage. Le bruit des deux commères s'éloigne, le silence revient dans le passage. Nans se tourne à nouveau vers Claire, plein d'espoir. Elle n'est plus là.

C'est comme un courant d'air glacé qui traverse le passage du Globe et saisit Nans jusqu'à la moelle des os. Il ne lui faut que quelques secondes pour revenir au moment présent, réfléchir par quel côté elle est partie et s'y ruer dans un élan désespéré. La rue des Savonniers est vide, au loin dans la rue du Canon un couple passe, heureux. Le jeune inspecteur ressent tout à coup un vide abyssal au cœur de son être. Il s'adosse au mur le plus proche, se laisse glisser, s'assoit sur la borne d'angle du passage. La tête dans les mains, les coudes sur les genoux, il essaie de remettre de l'ordre dans sa tête. Il n'arrive plus à suivre les revirements de l'enseignante. Elle souffle le chaud et le froid sans arrêt. Il n'en peut plus. Cette fois il lui semblait bien qu'elle ne pourrait pas revenir en arrière. Il est évident que ce n'est pas que du sexe. On ne s'emballe pas en plein jour dans un lieu public juste pour une envie de faire l'amour. Le policier n'a jamais été aussi déboussolé. Dire qu'il était sorti pour s'éclaircir les idées. D'ailleurs il faut qu'il revienne à sa tâche et au commissariat.

Au moment où Nans s'est tourné vers les deux passantes qui ricanaient, une peur panique avait envahi Claire. Elle a peur d'elle-même. Qu'a-t-elle fait ? Non seulement elle a insulté et tapé un policier mais dix secondes après elle lui saute au cou, prête à le violer dans la rue. Son comportement passionné l'effraie. Elle se croit une catin, une chienne en chaleur. Elle fuit rouge de honte, loin, vite, le plus loin possible de ce diable de flic qui la transforme en femme lubrique. Que doit-il penser d'elle ? Il ne faut plus qu'elle le voie. Comment faire, il habite la même ville, fréquente les mêmes personnes… Il faudrait qu'elle demande conseil, mais à qui ? Rien que d'imaginer raconter son attitude à quelqu'un la fait rougir à nouveau. Pourtant c'était bon, si bon. Tout lui a plu, la violence, la douceur, l'odeur de Nans, sa peau, sa bouche, ses mains. Ses mains, pourquoi ne sont-elles pas allées plus avant dans leurs caresses ? Et ça bouche quand il avait effleuré la naissance de ses seins ? Elle avait senti son sexe contre son ventre, elle avait entendu le gémissement quand son genou l'avait caressé au travers du pantalon. Tout ça l'avait emmené dans des contrées qu'elle ne connaissait pas et qu'elle a adorées. Elle erre dans les rues et se retrouve en bas de chez elle. Heureusement il n'y a personne. Elle s'enferme dans sa chambre.

La fin de la journée est une véritable épreuve pour Nans. De retour au commissariat, non seulement il n'a pas avancé d'un iota, mais sa mine ravagée et sa lèvre coupée provoquent de nombreuses questions et remarques qu'il élude d'un grognement. Lorsqu'il regagne son appartement, il est 22 h passées. Il n'a ni faim ni sommeil. Il voudrait juste tenir Claire dans ses bras, l'écouter lui expliquer la cause de ses revers, la consoler, lui faire l'amour. Il finit par s'endormir après avoir grignoté quelques restes. Mais à 3 h de sommeil son corps l'abandonne et les sensations reviennent lancinantes.

Chapitre 23

Samedi 25 mai 1968

La veille aux informations le Général de Gaulle s'est adressé au français. Cette allocution attendue depuis plusieurs jours porte sur les événements universitaires puis sociaux. Il les présente comme le moyen d'expression d'une mutation de la société nécessitant de profondes réformes. Il demande aux Français de décider, par voie de référendum, de son maintien au pouvoir.

La décision du chef de l'État fait l'effet d'une petite bombe car même si elle était attendue, le choix du référendum fait couler l'encre et la salive.

Louis et Hélène, eux, ont plus tôt été étonnés de l'apathie de leur fille aînée devant la déclaration du général. Claire a passé la soirée aux abonnés absents et s'est couchée plus tôt qu'un jour de travail en annonçant qu'elle n'irait pas au lycée le samedi matin.

Hélène se promet d'essayer de savoir ce qui ne va pas car, cette fois, cela a l'air profond et il semble que ça fait un moment que ça dure. Pour l'heure, elle a autre chose à penser. Elle a demandé sa journée à la pharmacie car d'ici deux heures sa belle-mère et son beau-père arrivent.

— Claire, tu m'aides à la cuisine. Mame et Pape ont bon appétit je te rappelle.

À la mention de ses grands-parents, la jeune fille sort de son immobilisme. Elle a une affection particulière pour Mame Lisandra qui le lui rend bien. Du coup elle aide sa mère à préparer le repas tandis qu'Alain est envoyé au marché chercher le poisson commandé la veille. Lisandra adore le poisson et, à Toulon, il est frais du matin pas comme à Salernes où il doit voyager à travers le Var. Claire épluche, coupe, dispose, assaisonne tout en réfléchissant à son problème. Il faut qu'elle en parle à Mame Lisandra. Celle-ci, malgré son âge, a l'esprit ouvert et ayant eu elle-même une jeunesse agitée, elle comprend assez bien les jeunes. N'a-t-elle pas aidé sa nièce Eugénie pendant la guerre ? Oui, vraiment, Lisandra est la seule personne qui pourra l'écouter, la conseiller, sans la juger.

Les Jauffred ont beau se voir régulièrement, chaque rencontre ressemble à des retrouvailles. Ce samedi de fin mai n'échappe pas à la règle, les embrassades commencent sur le trottoir et finissent dans le salon. Chacun passe successivement dans les bras d'Uguet puis de Lisandra. Claire serre sa Mame un peu plus fort, un peu plus longtemps que d'habitude, le message est passé, Lisandra sait que sa petite fille a quelque chose à lui confier. Hélène sert la daurade à la provençale, un plat qu'elle affectionne car sa préparation est simple et le résultat toujours délicieux ; le poisson, garni d'herbes aromatiques, cuit lentement au four sur un lit de tomates, oignons et pommes de terre mouillés de vin blanc. Tandis que chacun entame sa part de la daurade, Lisandra observe la jeune fille. Claire a l'air fatiguée, soucieuse. Elle réagit trop vivement à certains thèmes de la conversation comme la police.

Le grand sujet du jour est bien entendu la nuit des barricades survenue à Paris. Le discours du Général de Gaulle n'a pas provoqué l'enthousiasme des Français. Par contre les manifestants ont à nouveau dévasté le Quartier latin. Pavés, voitures, projectiles en tout genre ont volé à travers les rues et les boulevards. Le bilan est lourd en matériel, en hommes tant chez les policiers que du côté étudiant.

Ces informations ont navré les Jauffred de Salernes comme ceux de Toulon. Au café, pris dans des fauteuils du salon, Uguet, assis à proximité de Claire, interpelle gaiement sa petite fille.

— Et toi, ma grande, toujours pas d'amoureux ?

Louis, Hélène et Alain échangent un regard furtif inquiet aussitôt capté par Lisandra. Quant à Claire, elle devient livide, répond trop vite et se lève pour finir de ranger la cuisine.

— Je crois que j'ai mis les pieds dans le plat, s'excuse Uguet contrit.

— Je m'en occuperai, rassure Lisandra.

— Merci, maman, nous, on ne sait plus quoi faire, avoue Louis

L'après-midi toute la famille sera au Mourillon. Lisandra a gardé des liens très proches avec sa nièce Eugénie qu'elle a hébergée pendant la guerre pour qu'elle puisse suivre une formation de factrice d'instruments. C'est pendant cette période qu'elle a connue Julien, son époux. La réunion de famille est nombreuse et bruyamment affectueuse. En effet lorsque Julien reçoit les Jauffred, ses sœurs jumelles sont rarement oubliées. Il y a donc Violette et Auguste Leduc, amiral sur un navire de la Marine nationale, Rose et Tonin Jauffred, qui a repris la fabrique de tomettes à la suite d'Uguet, Louis étant professeur à La Seyne. Les six couples et leurs enfants forment une joyeuse troupe qui bavarde jusque tard dans la soirée. Vers minuit Lisandra se déclare fatiguée et demande à Claire de la raccompagner tranquillement à pied pour digérer dit-elle. Personne n'est dupe car Lisandra a conservé de sa carrière de flûtiste à l'Opéra de Toulon l'habitude de se coucher tard.

Une fois la rue descendue, Lisandra prend le bras de sa petite fille. C'est une invitation à la confidence car la grand-mère est encore vive et n'a pas besoin d'aide pour parcourir les rues de Toulon. Elle y a habité pendant près de quarante ans avant de laisser l'Opéra et son orchestre et de se retirer à Salernes auprès de son mari. Y marcher à nouveau lui a toujours fait l'effet d'un bain de jouvence. Claire le sait et marche d'un pas de promenade sans être lent. Au début de la grande avenue qui longe le port de commerce, elle prend une grande inspiration et se lance.

— Mame, je ne sais plus où j'en suis. Il est beau, tellement sexy et agréable. Il danse tellement bien le twist et le rock.

— Vous avez fauté ? Tranche Lisandra habituellement d'une franchise imparable.

— Pire, j'ai failli le violer. Je ne me contrôlais plus. On était dans la rue, dans le passage du Globe, tu connais ?

— Bien sûr, c'est mon quartier, chérie.

— Heureusement qu'on était dans la rue, sinon on aurait été jusqu'au bout.

— Et alors, Clairette, tu as vingt-et-un ans. Et lui ?

— Vingt-quatre ans, ça ne te choque pas ?

— J'avais vingt ans quand j'ai rejoint ton grand-père dans sa chambre plusieurs mois avant notre mariage.

— Oh Mame ! Mais je ne vais pas l'épouser !

— Un, tu n'en sais rien pour le moment. Deux, nous sommes en 1968, les femmes sont libres de disposer de leur corps, il me semble ?

— Ah mais, tu es plus libérée que moi...

— Allez, dis-moi quel est le vrai problème.

— Il est policier.

— Pas très élevée comme profession, tu es professeure tout de même.

— Inspecteur, Mame. Il sera commissaire un jour.

— Ah bon, alors où est le hic ?

— Mais Mame, la police c'est la force des oppresseurs, ce n'est pas compatible avec mes idées.

— La force des oppresseurs. Les grands mots que voilà. Je te rappelle que tu es la salariée des oppresseurs.

— Et je me rebelle contre leur façon de nous gérer justement.

— Et qui te dit que ton policier ne pense pas la même chose ?

— Je crois qu'il pense la même chose, il me l'a dit.

Claire a répondu avec une voix de petite fille prise sur le fait. Elle vient de dire tout ce qu'elle n'osait pas s'avouer.

— Et comment s'appelle-t-il cet oppresseur sexy ?

— Nans.

— Et en plus il est d'ici, il a vraiment tous les défauts, se moque Lisandra. Mon père aurait adoré que je choisisse un Corse, puis il a apprécié Uguet. Est-ce que ton père le connait ?

— Non, seulement Alain.

— Et qu'en dit ton frère ?

— La même chose que toi.

— Je ne t'ai rien dit.

— Mais tu penses trop fort Mame.

— Et bien puisque tu as mon avis, fais-en bon usage.

Le bruit de la fontaine de la place Puget les accueille. Lisandra la contemple quelques secondes, serre un peu le bras de Claire et murmure :

— Poussons jusqu'à l'Opéra, ma grande.

La grand-mère et la petite-fille s'éloignent bras dessus bras dessous vers les souvenirs de toute une vie dans la musique.

Chapitre 24

Dimanche 26 mai 1968

Pendant que la famille Jauffred au grand complet pique-nique sous les pins au Pradet, Nans Grimaud affalé plus qu'assis dans un fauteuil écoute pour la vingtième fois le slow sur lequel il a dansé avec Claire.

Giacomo et Roland sont passés la veille au soir pour le faire sortir. Il n'a rien voulu savoir. Ils sont restés un peu avec lui. Mais au bout d'une heure du même discours sur la jeune fille, son comportement et patati et patata, les deux copains en ont eu assez et sont partis rejoindre une compagnie plus agréable.

Il est midi passé Nans depuis vendredi soir a dormi quelques heures éparpillées quand la fatigue l'emporte sur le vague à l'âme. Il n'a presque rien mangé, seulement grignoter des fonds de casserole, un paquet de gâteaux, une tablette de chocolat. Il ne s'est pas plus habillé qu'un short enfilé à la va-vite quand les copains sont venus. Il ne s'est pas rasé non plus et une ombre brune ajoute à la mauvaise mine qu'il affiche.

La chanson des Moody Blues s'éteint, machinalement il allume la radio. Se tenir informé est devenu une seconde nature depuis le début du printemps 68. Malheureusement les informations sont finies et il tombe sur le hit-parade. Le présentateur annonce gaiement les reculs et les progressions de chaque chanson. Johnny Hallyday, Sylvie Vartan, Tom Jones et Claude François se succèdent ; des airs gais et entraînants qui ne font même pas réagir l'apathique inspecteur. Puis le présentateur s'extasie sur la splendide montée du premier du classement.

— J'ai nommé, claironne-t-il, les Irrésistibles. Avec leur dernier tube *My year is a day*.

Nans lance un regard noir vers le poste. Même la radio s'en mêle. Le premier du hit-parade est la chanson préférée de Claire. Il l'a entendu la fredonner plusieurs fois. C'en est trop, il tend la main vers le poste dans l'intention au minimum de l'éteindre bien qu'une furieuse envie de le fracasser le démange. Mais la sonnette de l'entrée l'interrompt juste à temps. En maugréant, il va néanmoins ouvrir. Les trois compères habituels, à peine émergés de leur soirée, ont décidé d'aller s'occuper du désespéré. Sans prendre en compte les protestations de l'occupant, ils entrent, poussent Nans dans la salle de bain avec ordre de se rendre présentable. Pendant ce temps ils aèrent la chambre, mettent de l'ordre dans la cuisine, ramassent les bouteilles dans le salon. Lorsque Nans s'est lavé, rasé, habillé et sort de la salle de bain tout est parfaitement en ordre. Il a déjà meilleure mine et arrive à sourire à ses amis.

Grève oblige, c'est à vélo qu'ils prennent la direction des Sablettes. La plage de La Seyne a l'avantage d'être loin des lieux où Nans a croisé Claire, ce sera plus facile pour lui. Mais au moins les trois copains veulent lui faire dire ce qui s'est passé ce vendredi où il revenu au commissariat tel un zombie. Alors tout en pédalant sur les routes vides de voiture en rupture d'essence, Nans raconte.

— Je suis sorti pour réfléchir, j'avais fait un bon tour et même si je n'avais pas encore trouvé de solution, j'avais les idées plus ordonnées. Je prends le passage des Riaux pour couper, celui du Globe et là je me heurte à une fille qui fonçait tête baissée en roumégant5.

— Claire, je suppose ?

— Oui, elle commence à m'insulter, à me taper. Vu que j'étais déjà bien énervé, ça m'a fait réagir d'instinct. Je lui ai fait une clé de bras et je l'ai collée contre le mur pour lui rappeler ce que coûtait une insulte à agent.

— Et elle se laissait faire ? Demande étonné le chœur des trois amis.

— Bien sûr que non. Elle me regardait avec ses yeux furieux, son air déterminé, elle est si belle comme ça que j'ai dû desserrer ma prise. Elle en a profité pour me coller au mur à mon tour. Je suis sûr qu'elle a appris le judo ou le karaté.

— Et elle t'a rappelé qu'on ne traite pas les jeunes femmes de cette façon ? Taquine Giacomo.

— Non, elle m'a mordu, dit Nans en montrant sa lèvre fendue.

— Sauvage la gamine.

— Et là tu t'es laissé faire…

— J'avoue que je n'étais plus en état de me rebeller. Elle non plus, d'ailleurs. C'est une bombe ! On n'aurait pas été dans la rue…

— Qu'elle ne serait plus vierge, la tigresse.

— Sauf qu'à la première diversion elle a filé. Tigresse croisée avec une anguille, conclut amèrement Nans.

Parler à ses amis lui a fait du bien. Il appuie sur les pédales plus légèrement. L'exercice physique lui éclaircit les idées et rend son jugement plus objectif. Comme le lui serinent ses amis depuis le début, toutes les attitudes de Claire prouvent

---

5. « Rouméguer » : « ronchonner » en provençal.

qu'elle a des sentiments pour lui mais qu'elle ne les maîtrise pas. Rejoignant ses pensées Michel intervient.

— Tu sais l'amour c'est violent, tu es bien placé pour le savoir. Sauf que tu as quelques années de plus et que tu as déjà été amoureux même si ce n'était pas pareil.

— C'est vrai, renchérit Roland, elle a certainement eu une vie bien protégée jusqu'à présent. Les événements actuels interfèrent violemment dans sa vie professionnelle qui est débutante, cumulés au sentiment qui l'envahissent chaque fois qu'elle est en ta présence, ça fait beaucoup.

— Il faut que tu y crois et que tu sois patient, ajoute Giacomo.

Sur ses conclusions ils arrivent aux Sablettes et se mettent en quête d'une paillote pour déjeuner malgré l'heure tardive.

Au Pradet, Claire s'étend au soleil après le pique-nique. Cachée sous son chapeau, elle fait semblant de somnoler mais est en fait en pleine réflexion. Sa grand-mère a raison, il faut qu'elle arrête de lutter contre ses sentiments, elle ne doit pas en avoir peur. Le meilleur moyen de les maîtriser c'est de les vivre. Cette décision prise, Claire ressent un soulagement et une paix intérieure l'envahir. Elle se cale un peu mieux sur sa serviette, s'étire et sourit. Pas longtemps car son frère et les enfants de Rose, Violette et Eugénie viennent l'éclabousser. Elle se lève vivement et se joint au groupe des jeunes cousins pour s'ébattre dans la mer.

Ce dimanche au bord de mer aura été profitable pour les deux jeunes gens. Ils regagnent leurs logis respectifs apaisés et décidés à assumer leurs sentiments.

Chapitre 25

Ça y est ! Le jour de la grande manifestation est arrivé. De toutes parts arrivent les participants. Toutes les unions départementales ont appelé au rassemblement massif. Les femmes, les jeunes, les enfants côtoient des travailleurs de toutes les classes. Il y a les ouvriers de l'Arsenal, ceux des chantiers de La Seyne, les cheminots, le personnel soignant des hôpitaux que l'on repère bien à leur blouse blanche. Sont mélangés les ouvriers du bâtiment, les dockers du port de commerce, même les paysans d'Ollioules et du Beausset, les maraîchers de la plaine de la Crau, les ouvriers de La Môle près de Saint-Tropez. En gare de Toulon les voyageurs sont bloqués sur le quai, pas de train aujourd'hui, les employés de la SNCF sont aussi à la manifestation.

Les rues de Toulon se remplissent peu à peu. Les forces de l'ordre sont partout. La foule grossissante les inquiète car si quelque chose déclenche un mouvement de panique ce sera tragique. Les équipes du divisionnaire Marchetti ne se font même pas repérer tellement la foule est dense. Nans a passé la consigne à ses trois amis et quelques copains fiables si l'un d'entre eux voit Claire à proximité d'un danger, il faut l'en éloigner quitte à l'interpeller comme la première fois. Pas question qu'il lui arrive quoi que ce soit maintenant qu'il sent qu'elle est près de lâcher prise.

Il est près de 11 h lorsque le cortège se met enfin en marche, lentement. Il chemine comme toujours derrière le stade Mayol, traverse le carrefour Noël Blache, remonte vers la préfecture. Là, pendant la pause, quelques excités déclenchent une bagarre sans gravité mais ils finiront la manifestation dans un fourgon de police. À 13 h 30 la longue chenille humaine reprend sa route, en descendant l'avenue Vauban en direction de l'Arsenal. C'est en passant devant la porte principale que le ton monte dans une partie du défilé. La première partie poursuit sur le port tandis qu'un gros groupe d'ouvriers invectivent ceux qui sont restés à garder les grilles du géant naval. Du coup la queue de la procession, empêchée de progresser piétine, s'interroge, s'impatiente.

Puis comme le groupe central ne bouge pas et au contraire commence à installer des barrières en travers du carrefour, l'extrémité s'énerve. Les premiers rangs en viennent aux mains. Une agitation inquiète gagne le reste du groupe. Les plus proches des bords refluent vers les rues latérales. Le bloc central coincé s'agite en désordre. C'est ce que redoutaient les policiers. Giacomo, en poste sur la place d'Armes, est juste à la hauteur du groupe qui est pris en étau entre l'avant, qui se bagarre et met la rue sens dessus dessous, et l'arrière inconscient de ce qui se passe et qui pousse pressé de poursuivre le périple contestataire. Tout en donnant des consignes au talkie-walkie, il balaye la foule du regard essayant de repérer les personnes en difficulté. Soudain sa vue est barrée par une banderole où est écrit en lettres capitales bleu vif « Rien peut être un tout, il faut savoir le voir et parfois s'en contenter — Syndicat étudiant. » Lorsqu'il a à nouveau vue sur la masse en contrebas de la place, Giacomo constate que les manifestants en première ligne sont les enseignants. Il se met alors à chercher Claire parmi les dizaines de tête sous ses yeux. Mais l'agitation croit, entre ceux qui se battent contre la police d'un côté, ceux qui s'en prennent aux voitures de l'autre, et ceux qui essaient de rebrousser chemin au milieu, la pagaille est totale. Tout à coup le jeune inspecteur aperçoit la chevelure châtaine dont les reflets dorés brillent au soleil de ce début d'après-midi. Il hurle dans son talkie-walkie donnant au groupe le plus proche l'ordre de progresser vers les professeurs. Au milieu du tumulte il ne quitte pas Claire des yeux. Elle est coincée entre une dizaine de personnes qui, dans la panique au lieu de refluer vers la place, essaie de se diriger vers le bâtiment de la Corderie, pile là où les plus gros heurts se déroulent.

Un groupe de CRS est presque arrivé à les rejoindre. Un mouvement de la foule les pousse dangereusement vers le contrebas devant l'économat de la marine. Le peloton dirigé à distance par Giacomo parvient près de Claire. Chaque homme agrippe fermement par le bras un ou deux manifestants naufragés. La plupart suivent sans résistance, heureux d'être pris en charge. Certains pourtant résistent, se débattent, refusent de suivre les policiers. L'attitude de Claire est entre les deux, elle se débat pour ne pas être tenue mais suit le policier devant elle. Les cris enragés qu'elle entendus près d'elle quand la bagarre et la casse ont commencé lui ont glacé le sang. Elle n'a qu'une envie : sortir de là. Le policier qui la tient entend dans son casque :

— La brune que tu tiens, tu ne la lâches pas, tu la mets au fourgon.

Giacomo s'est dit qu'elle serait plus à l'abri dans le fourgon que libre dans la ville en ébullition. Le policier ne la lâche donc pas et s'en souviendra car il écope de quelques coups de griffes sur le poignet là où la manche ne rejoint pas le gant. Enfin parvenu au fourgon, il ouvre la porte arrière et il projette Claire qui atterrit sur le sol au pied de trois jeunes gens dont un a le nez ensanglanté. Elle se relève doucement et s'assoit sur le banc face aux trois garçons. Aucun n'a envie de parler, leurs idéaux ont été amochés par la tournure des événements. Coupables ou victimes, ils ne savent pas pourquoi ils sont enfermés là, ni combien de temps attendre. Cette fois Claire soupçonne Nans d'avoir laissé des consignes, elle prend son mal en patience sachant que cela peut durer des heures.

Ce n'est que deux heures plus tard, alors qu'à l'extérieur du fourgon la rue semble s'être calmée, qu'un agent rejoint celui qui les surveille et que le véhicule démarre. Le trajet n'est pas long jusqu'au commissariat. Les quatre interpellés sont poussés sans ménagement vers les cellules. Celle des femmes est moins bondée que les autres mais contient déjà cinq ou six personnes. Sur la place d'Armes, Giacomo débordé par les violences en cours a complètement oublié Claire. Dans les cellules, les femmes font connaissance. Trois d'entre elles, comme Claire, ont été sorties du grabuge et mises à l'abri. Lorsqu'elles auront fait leurs dépositions, elles pourront rentrer chez elles. Les deux autres sont des ouvrières une dans l'imprimerie, l'autre à l'Arsenal. Elles ont été arrêtées au moment où elles fêtaient, debout sur le capot d'une voiture, la victoire des manifestants sur un groupe de policier. Les CRS arrivés en renfort avaient embarqué toute la troupe. Les deux femmes vantent les exploits de leurs collègues en décrivant le piteux état dans lequel sont repartis les policiers. Claire sent la colère monter en elle, ces femmes n'ont rien compris, ce n'est pas par la violence que l'on obtient gain de cause. Elle est sur le point de le leur dire quand sa voisine, une mère de famille d'une trentaine d'années, lui pose la main sur le bras. Son regard lui dit qu'il est vain de se la mettre à dos dans cet espace clos. La furie n'entendra pas raison. Alors Claire se tait et réfléchit. Elle commence à comprendre le point de vue de Nans.

Celui-ci a fort à faire car, sur le boulevard de Strasbourg où il se trouve, des voitures sont retournées comme à Paris. Il faudra plusieurs heures avant que le calme ne revienne. Dans la cellule, les conversations se sont tues, la fatigue a fait retomber l'excitation. Les plus sages s'inquiètent pour leur famille. Aucune pendule n'est en vue et dans la cellule des femmes aucune n'a de montre. Elles attendent résignées. Il a commencé à faire sombre dehors lorsqu'un brouhaha envahit le commissariat. La grosse voix du commissaire Marchetti se fait entendre. Il distribue les tâches : soigner les blessés légers, envoyer les plus graves à Sainte-Anne, trier les interpellés, commencer les auditions. Il termine par un impérieux :

— Grimaud, vous me rassemblez les gars entiers et briefing dans quinze minutes.

Donc Nans est là et en bon état. Claire est soulagée. Par contre il y a des blessés, même des graves. La jeune enseignante ne peut s'empêcher de lancer un regard haineux vers la cellule des hommes. Sa voisine murmure :

— Mon dieu, mon mari est agent, j'espère qu'il n'a rien.

Claire est surprise puis se souvient des paroles des quatre amis de l'inspecteur. Eux aussi approuvent les revendications mais n'ayant pas le droit de manifester ils soutiennent leurs amis qui le font et leurs épouses qui y vont. Elle se sent misérable de l'avoir insulté et agressé tant de fois. Lui pardonnera-t-il ? C'est autour de Claire de toucher le fond et de se poser mille questions sur ses sentiments, leur puissance. Elle n'a jamais éprouvé quelque chose d'aussi fort. Ça lui fait un peu peur, elle perd le contrôle pour la première fois de sa jeune vie. Tout à ses pensées, elle cesse d'écouter ses compagnes de cellule, elle n'entend même plus les échos de voix du commissariat. Elle reprend pied dans la réalité lorsqu'un agent vient chercher un premier homme pour l'emmener faire sa déposition. L'agent a un œil au beurre noir et une main bandée, néanmoins il est là à cette heure tardive à faire son travail. Pendant un long moment, des agents viennent chercher des gars dans les cellules voisines, certains sont ramenés mis dans une cellule à part, la plupart ne reviennent pas, ils rentrent chez eux. La mère de famille interpelle l'agent.

— Monsieur, mes enfants m'attendent. Est-ce que je peux être entendue au plus tôt?

Son ton est humble presque suppliant. L'agent la reconnaît.

— Vous êtes la dame de Georges? Je vais voir avec l'inspecteur.

Il ressort avec l'homme prévu. Quelques minutes plus tard, on vient la chercher. Elle adresse un sourire d'encouragement à Claire et s'éloigne soulagée. Les deux ouvrières l'invectivent jusqu'à ce qu'elle soit hors de vue. Être femme de flic n'est pas une sinécure. L'attente reprend, dehors il fait nuit. Les bruits du commissariat s'estompent. La rotation des agents vidant peu à peu les cellules rappelle que la journée n'est pas finie. Tous, manifestants et agents, ont des cernes bleutés et la mine fatiguée. Tous ont hâte que ce soit fini.

Claire est seule dans la cellule des femmes. Une des ouvrières a été ramenée dans une autre cellule. C'est celle de l'imprimerie, si elle ne perd pas son emploi suite à cette journée ce sera vraiment de la chance. Il reste trois hommes de l'autre côté. Une dizaine est retenue pour plus amples informations. Les agents reviennent et emmènent les trois gars et Claire. Ils les conduisent dans les couloirs. Elle reconnaît les locaux où elle a été entendue par Nans la première fois. C'était il y a deux semaines seulement, elle a l'impression que cela fait un siècle.

L'agent l'a conduite dans le bureau de Nans. Elle le souhaitait de tout son cœur, ne voulant pas raconter ses déboires à un inconnu. Il a le même air épuisé que les autres, sa chemise est noircie par endroit et son bras gauche est bandé du biceps au coude. Elle ne peut s'empêcher de s'inquiéter.

— Tu es blessé ? C'est grave ?

L'inquiétude de Claire, le tutoiement, sa mine défaite, tout attendrit l'inspecteur en une fraction de seconde. Il était déterminé à l'interroger froidement. C'est raté, il suffit qu'elle passe la porte et la voit pour qu'il tire un trait sur toutes ses résolutions.

— Juste quelques brûlures superficielles. Rien de méchant. J'ai eu la chance. Mais pour le moment, c'est toi qui dois me raconter ce qui s'est passé autour de toi. Il y a eu du matériel cassé et des blessés. Tu dois nous aider à faire le tri des bons et les méchants.

Il ajoute pour toucher une corde qu'il sait sensible.

— Sinon ton combat n'aura servi qu'à faire passer les grévistes pour des fauteurs de trouble et mes gars auront été blessés pour rien.

Déjà prête à coopérer, Claire en est encore plus convaincue après le discours de Nans et la vue des blessures des agents. Elle lui fait donc part de tout ce qu'elle a vu et vécu. Giacomo, puis Michel enfin Roland passent la tête par la porte et salue les deux jeunes gens. Le commissariat est presque vide. Nans signe la déposition de Claire et la lui tend. Elle saisit le stylo d'une main tremblante du contrecoup de cette longue journée et signe à son tour. Nans range les feuillets et se lève.

— Je te raccompagne.

Ce n'est pas une question mais elle n'a plus la force de se rebeller. Elle se lève à son tour et suis le policier.

Chapitre 26

Mardi 28 mai 1968

Il est 1 h passée de presque une demi-heure lorsqu'ils arrivent place Puget. Nans s'arrête devant la porte de l'immeuble. Elle le regarde. Ce qu'il lit dans son regard lui réchauffe le cœur et les sens aussitôt. Il passe la main sous ses cheveux en bataille et la pose sur sa nuque. Il ne force pas pour l'attirer à lui, elle le souhaite aussi fort que lui.

Il pose ses lèvres sur les siennes, doucement, il les embrasse tendrement, sagement. Puis il se recule et lui souhaite bonne nuit. Claire, stoppée net dans son abandon, reçoit la formule de politesse comme une douche froide. Fugacement elle ressent ce qu'elle a infligé à Nans depuis trois semaines. Elle en est mortifiée.

— Je n'ai pas envie de dormir, murmure-t-elle en s'approchant de son visage.

Elle enfouit son visage dans les boucles brunes et mordille le lobe de l'oreille du jeune homme qui lutte contre l'envie de la culbuter sur la margelle de la fontaine.

— Montre-moi où tu habites.

L'offre est à peine déguisée. Nans n'en demandait pas tant. Il ne réfléchit plus, la fatigue, le désir, le soulagement qu'elle soit saine et sauve, son amour pour elle, tout se mélange. Il lui prend la main, il l'emmène rue des Boucheries.

— C'est très romantique comme nid d'amour ! ironise Claire au vu de la pancarte.

Nans la regarde dans le halo blafard d'un réverbère. Son visage est enfin détendu. Il a l'impression de ne jamais l'avoir vue aussi sereine. Et qu'elle est belle ainsi. Elle a l'air si jeune, ses amis ont raison, elle n'a pas vécu beaucoup d'événements et ceux de ce mois de mai sont particulièrement intenses. Il fallait laisser du temps à la jeune fille pour mûrir. Il repense à ses vingt ans, ce n'est pas vieux mais il a tellement appris, tellement changé en quatre ans.

Ils sont arrivés devant la porte et entreprennent l'ascension des quatre étages.

— Ouf! Je comprends pourquoi tu as toujours la forme! Les étages, c'est mieux que le sport.

Une fois dans l'appartement, que Claire parcourt d'un regard curieux, ils s'aperçoivent qu'ils meurent de faim. Nans passe à la cuisine. Elle est seule dans le petit séjour. Une atmosphère masculine pratique et confortable s'en dégage. Les couleurs sont chaudes. Elle s'y sent bien. Elle rejoint son compagnon qui s'affaire à confectionner un plateau sandwich présentable, un reste de pesto, quelques fèves, du pain, du beurre, du fromage et des fruits. De quoi faire un repas frugal mais complet.

Installés dans les fauteuils, ils dévorent les victuailles avec l'appétit de leur âge. Puis un flottement s'installe, Claire décide de débarrasser les restes. Chose faite, elle se retrouve plantée dans l'entrée du salon, indécise. Elle est proche de la pile de 45 tours sur le buffet. Sur le dessus de la pile, leur chanson trône.

— Tu nous mets un peu de musique, dit-elle en désignant le disque.

Nans en deux enjambées se rapproche et n'a qu'à poser le diamant sur le vinyle resté en place sur le tourne-disque. La musique, en sourdine, envahit la petite pièce. Nans enlace

Claire, il l'entraîne dans le rythme du slow langoureux des Moody Blues. Les sensations qu'ils ont enfouies pendant des semaines ressurgissent impérieuses. Leurs corps s'épousent naturellement. Leurs mains partent en reconnaissance dans toutes les zones de peau atteignables malgré leurs vêtements. Leurs bouches se cherchent, se trouvent, s'unissent dans un élan commun, enfin ! Le baiser est intense mais pas violent. Cette fois ils sont sûrs d'eux, ils ont la nuit devant eux, ils ne veulent que le bonheur de l'autre.

À la moitié de la chanson, Claire, impatiente comme toujours, défait les boutons de la chemise et cale son visage contre le torse chaud de Nans, ses mains parcourent, explorent la peau, la toison brune, le ventre plat. Claire subit le même traitement. Sa blouse boutonnée dans le dos ne tarde pas à tomber au sol laissant apparaitre un pigeonnant soutien-gorge de dentelle blanche qui émoustille encore plus, si c'était possible, les sens du policier. Tandis que les dernières notes de l'hymne aux nuits de satin blanc meurent et que le silence revient, Nans lance l'excitante dentelle sur un fauteuil et enfouit son visage dans la vallée blanche formée par les seins de Claire. Lorsqu'il relève la tête, il rencontre les yeux brûlants de la jeune enseignante. Ils sont devant la porte de la chambre.

— Tu veux ?

Le oui qui passe les lèvres de Claire est impatient, implorant. Les sensations que Nans a éveillées en elle la torture et elle n'a qu'une envie les poursuivre jusqu'à la libération. Elle veut tout connaitre du corps de cet homme qu'elle croyait détester et qu'elle veut posséder tout entier. Il s'assoit sur le lit. Tandis qu'il mouchette son ventre de petits baisers, ses mains la débarrassent du corsaire si excitant par sa forme moulante. La même dentelle l'accueille, il apprécie fugacement le bon goût de sa compagne et la dentelle disparaît à son tour rejoignant le corsaire sur un bras de fauteuil. Il explore ce corps dont il rêve depuis si longtemps. Atteignant des sommets d'excitation et de plaisir qu'elle ne soupçonnait pas, Claire oublie le monde qui l'entoure, seules comptent les mains et la bouche de Nans. Alors qu'elle commence à défaillir de plaisir, il s'arrête. Un grognement commente cet abandon. Il se lève et invite la jeune fille à s'allonger sur le lit qu'il débarrasse prestement du boutis qui le recouvre. Pendant qu'elle prend place, il termine de se déshabiller. Claire peut enfin contempler ses fesses dont elle imagine la rondeur ferme toutes les nuits. Il se tourne vers elle, elle n'a encore jamais vu de sexe dressé et celui de Nans la réclame avec force. Le jeune homme capte la brève lueur de panique qui traverse ses yeux.

— Ne t'inquiète pas. On va y aller doucement et si tu ne veux pas, ce n'est pas grave.

Il s'allonge à ses côtés, son sexe touche la hanche de Claire. Elle envoie la main à la rencontre de la nouveauté. C'est doux. Mais Nans a repris ses découvertes de la carte de son corps et ses sens lui ôtent toute volonté et lucidité. Elle abdique face à cet être capable de faire d'elle un chiffon sans autre réaction que l'envie de se jeter sur lui. Au bout de quelques minutes, Nans descend sur ses cuisses, la peau tendre et douce est encore plus sensible, d'instinct Claire écarte les jambes offrant le passage vers son intimité. Il caresse, agace du bout du doigt, s'incline pour prendre possession des lèvres et de la langue. Elle ne voit plus que les boucles brunes entre ses jambes qui s'écartent encore plus sans qu'elle le leur commande. Claire atteint le sommet du plaisir, les doigts accrochés aux boucles de Nans. Il se dégage, la regarde, tout l'amour qu'il éprouve pour elle se dessine sur son visage. Elle lui rend son regard, les joues roses du plaisir connu, le souffle encore court.

— Merci, Lisandra, murmure-t-elle.

— Qui est Lisandra?

— Ma grand-mère paternelle.

— Qu'est-ce qu'elle vient faire ici en ce moment? demande-t-il étonné et amusé.

— Elle m'a donné des conseils et c'était les bons.

— Tu m'expliqueras ça plus tard. Viens donc t'occuper de moi.

Claire ne se fait pas prier et entreprend une véritable exploration du corps de Nans. Tel un archéologue quadrillant un site historique, elle parcourt méthodiquement sa poitrine, son ventre, ses jambes, hésite un peu face à l'inconnu, puis se jette à l'eau et saisit le sexe du jeune homme qui tressaille.

— Je t'ai fait mal? s'inquiète-t-elle aussitôt.

— Non, continue.

Alors elle satisfait sa curiosité en testant des caresses, des baisers, de petits coups de langue. Nans gémit et se tortille d'impatience.

— Tu vas me rendre fou avec tes caresses! Je peux…?

La phrase inachevée est limpide pour eux. Claire acquiesce de la tête. Elle est plus que prête, les gestes prodigués à son amant ont réveillé son désir, elle n'a qu'une envie : le sentir en elle. Elle pousse un petit cri lorsque sa virginité cède puis est aussitôt envahie par un tsunami d'émotions. Nans essaie d'être doux et patient mais Claire est aussi fougueuse en amour que dans la vie courante. Elle noue ses jambes autour des reins de Nans et cambre le bassin. Une explosion de plaisir la submerge. Le cri qui s'échappe de sa bouche n'est plus le même et ce qu'il suggère entraîne Nans dans la même vague.

Il s'effondre à côté d'elle, encore essoufflé et remarque.

— Le jour où tu me présenteras ta grand-mère, je crois que je lui ferai trois bises.

Ils éclatent de rire et ne tardent pas à s'endormir enlacés, vaincus par l'intensité de cette journée. Il est presque 3 h du matin.

Nans se réveille, il se sent particulièrement bien, sauf que son bras droit est bloqué. En une fraction de seconde tout lui revient, il ouvre les yeux sur le visage de Claire blottie sur son épaule. Elle dort encore, le visage détendu, apaisé. Elle est si belle sa tigresse. L'effet sur lui est immédiat. Il se tourne vers elle et entreprend de la réveiller de la plus douce des manières. Sans même ouvrir les yeux, elle répond aussitôt aux caresses. Il s'en suit un corps à corps qui est totalement opposé à ceux vécus au cours des manifestations.

Lorsqu'enfin ils s'inquiètent du jour et de l'heure, ils cessent immédiatement de paresser. Il est 10 h 45 ! Claire se rhabille à la hâte, il faut qu'elle passe chez elle se laver, se changer avant de pédaler à toute allure jusqu'au lycée. Nans, après un dernier baiser, file sous la douche.

Claire, pensant que tous sont au travail, entre dans l'appartement de la place Puget en sifflotant *Night in white satin*.

— Bonjour, Claire !

Quatre voix de femmes l'accueillent en chœur. Rose, Violette, Eugénie et Hélène sont installées au salon, une tasse de café devant elles. Claire devient immédiatement écarlate.

— Le lycée a appelé. Tu n'as pas besoin d'y être avant 14 h, informe Hélène.

— Ça te laisse le temps de tout nous raconter, suggère Eugénie un sourire entendu aux lèvres.

— Mais tu peux prendre une douche déjà, assure Violette, complaisante.

— À moins que vous ne l'ayez déjà fait, taquine la coquine Rose.

Claire disparaît dans sa chambre puis dans la salle de bain. Lorsqu'elle rejoint les quatre femmes, munie de toasts grillés dégoulinants de miel, sa gêne a disparu et elle meurt d'envie de partager son bonheur.

— J'ai passé la nuit chez Nans.

— Ça, on s'en doutait, répond sa mère.

— Ce que nous voulons savoir, ce sont les détails, précise Rose avec un petit froncement du nez.

Claire est surprise d'entendre ces femmes qu'elle considère comme vieilles, rangées de telles émotions et pratiques, réclamer un récit comme le feraient ses copines.

Violette qui a trois enfants s'en aperçoit et lui précise.

— Malgré notre âge canonique qui se situe entre quarante-cinq et cinquante ans et les nombreux enfants que nous avons portés et élevés, nous avons une vie sexuelle, même ta mère.

Claire rougit d'entendre ce qu'elle aurait compris toute seule être énoncé aussi directement

— Alors ? S'impatiente Eugénie, arrête de rougir et dis-nous tout.

Claire reprend la journée du lundi à partir du moment où les choses ont commencé à s'envenimer le long de la Corderie. De temps en temps l'une ou l'autre demande des précisions, fait un commentaire. Quand elle en arrive à la nuit, Hélène retient une question que Rose pose à sa place.

— Vous avez fait attention j'espère ?

— Attention à quoi ? répond l'ingénue jeune fille.

Eugénie éclate de rire.

— Ça me rappelle la grotte du Destel !

Hélène se charge d'informer sa fille sur le sous-entendu. Pendant la guerre, lors d'un convoyage de vivres, Julien et elle avaient été surpris par une patrouille allemande. Obligés de rester cachés dans l'obscurité de la grotte une journée entière, ils avaient succombé à leur amour sans penser aux conséquences. Claire confuse rougit une fois de plus et réalise que dans leur fougue, elle n'a pas pensé à la contraception. Elle devra en parler à Nans. Mais avec tous ces bavardages, elles n'ont pas vu le temps passer. Il faut rentrer s'occuper du repas de midi d'autant qu'avec les grèves tout le monde mange à la maison. Eugénie rentre au Mourillon, Violette et Rose remontent sur les pentes du Faron, Hélène et Claire passent à la cuisine. Bien entendu la jeune fille n'échappe pas aux taquineries de son frère pendant le repas.

Chapitre 27

Mercredi 29 mai 1968

Ce mercredi est un jour spécial pour les lycéens. Ils doivent mettre la touche finale à leur manifeste qui sera rendu le lendemain. Les terminales sont arrivées de bonne heure, Claire en début d'après-midi. Le groupe est composé de Monsieur Zedaure, Madame Caillol et, étonnamment, de Salazar. Celui-ci s'est intégré peu à peu dans leur groupe de rédaction et s'est avéré porteur d'observations pertinentes et d'un point de vue extérieur par rapport aux enseignants ou aux étudiants. Ils s'installent autour de la grande table de la salle des professeurs, celle qui sert pour les conseils de classe. Jérémy, le délégué des élèves, sort le texte mis au propre. Il va le leur lire à haute voix pour une dernière correction et validation. Il leur faudra plusieurs heures pour en voir la fin. Mais ils s'y attaquent avec enthousiasme.

En début d'après-midi, alors que Claire est au lycée écoutant attentivement Jérémy, les policiers du commissariat de Toulon prennent connaissance d'une lettre un peu particulière. C'est le préfet de police de Paris qui a écrit à tous ses agents une lettre individuelle. La missive a eu tôt fait de faire le tour de la France tant les policiers de tous les départements sont concernés et que chaque préfet aurait pu en écrire autant.

En substance le préfet aborde le sujet délicat de l'emploi de la force qui, déformé par la presse prompte à faire le procès de la police, entache la réputation de la maison. La majorité des agents condamne ces méthodes. La missive souligne qu'une fois passé le choc du contact avec les manifestants agressifs, il convient de retrouver la maîtrise de soi. Il poursuit en établissant qu'être policier n'est pas un métier comme les autres. Il comprend l'amertume des gars dont les familles sont victimes de réflexions désobligeantes voire d'insultes, de brimades. Il conclut en les assurant de son soutien et de sa fierté.

Tout au long de la lecture faite par le commissaire Marchetti à ces hommes rassemblés, les têtes se sont hochées en signe d'approbation. Le préfet de Paris a parlé juste, les policiers se sentent un peu moins abandonnés face aux dents acérées des chacals de la presse qui entraînent le peuple derrière eux et créent un effet boule de neige.

— Vivement que tout ça soit fini ! conclut Roland en regagnant son bureau.

— Que je puisse profiter de Claire tranquillement, complètement Nans.

— Oui, au fait, tu ne nous as rien dit hier, s'étonne Michel.

Le sourire de matou satisfait qui éclaire le visage de Nans répond à leur question.

— Donc c'était bien, traduit Giacomo. Quand tu seras décidé, tu sais qu'il nous faudra des détails.

— Ouh là ! J'ai un coup de fil à passer au procureur, moi !

Et l'inspecteur Grimaud file à l'anglaise laissant ces trois amis sur leur faim. Mais ces derniers n'ont pas dit leur dernier mot et dès la sortie du commissariat, le soir, ils repassent à l'offensive.

— Et tu as rendez-vous ce soir ? s'enquiert innocemment Giacomo.

— Non ce n'est pas prévu, répond Nans tombant ainsi dans le piège.

— Ah, alors tu as le temps de nous raconter ton lundi devant une bière ! s'exclame Michel.

Nans rend les armes.

— OK, c'est ma tournée.

Quelques minutes plus tard, attablés face à la rade dans les fauteuils du café de France, un des rares qui ne soit pas en grève ! Nans réfléchit à ce qu'il va raconter à ses amis. Et sa réflexion ramenant des images, un sourire béat s'inscrit sur son visage.

— Bon, tu craches le morceau ou il faut poser des questions, s'impatiente Roland.

En reprenant ce langage typique des interrogatoires, Roland a fait sortir son ami de ses nuages.

— Elle est faite pour ça, laisse tomber l'amoureux.

— Pourquoi ? Interroge en chœur son auditoire.

— Pour l'amour. C'est une tigresse dans la vie privée aussi. Elle a un instinct incroyable pour faire ce qu'il faut quand il faut, s'enthousiasme Nans.

— Génial, mais tu peux illustrer d'un exemple, demande Michel.

Lance dévoile un peu de sa nuit d'amour avec Claire mais reste pudique sur les questions un peu trop curieuses de ses amis. Ces derniers sont heureux qu'ils aient enfin réussi à s'entendre et acceptent d'être tenus à distance de leur vie privée.

— Et la suite est prévue ou vous improvisez ? Questionne Giacomo en conclusion.

— On improvise. En fait on s'est préparé tellement vite en se réveillant qu'on n'a rien fixé. Mais on sait où se trouver.

Plus tard dans la nuit Nans se fait la réflexion que ce ne sera pas aussi facile. Il meurt d'envie de passer chez elle. Demain c'est jeudi, elle ne travaille pas, il est sûr de l'y trouver. Mais il pense aussi que c'est un peu à son tour de faire le premier pas. Aussi décide-t-il d'attendre jusqu'au weekend pour l'inviter à se revoir. D'autant qu'il n'y a que deux jours à attendre, … deux jours quand même.

Chapitre 28

Jeudi 30 mai 1968

Le général de Gaulle n'est pas aussi à l'aise à la tête du gouvernement en 1968 qu'il l'était à la tête de l'armée française en 1944. Il laisserait bien la place mais craint une déferlante de violence. Alors il revient à Paris après avoir disparu le 29 et se plie au conseil de son premier ministre Georges Pompidou : l'Assemblée nationale va être dissoute. La France va organiser de nouvelles élections législatives et de leur résultat découlera le sort du pays et de son dirigeant.

Tandis que ses partisans défilent dans Paris, de Gaulle fait un discours tranchant sur la paralysie du pays menée par les opposants.

À Toulon, comme dans le reste de la France, la volte-face du général est accueillie de façon opposée selon les opinions. À l'arsenal, le dixième jour de grève s'écoule dans la routine des manifestations qui réussissent à encore réunir plus de dix mille personnes. Néanmoins les dirigeants d'unités exsangues ont fait plier le ministère et obtenu un protocole d'accord exploitable qui est remis aux organisations syndicales.

Ainsi de place en place le mouvement s'essouffle. Des usines rouvrent, une manufacture reprend la production, l'autre non. Certaines écoles ont suffisamment d'enseignants non-grévistes pour accueillir les enfants, c'est le cas à La Garde. Les forces de l'ordre restent sur le pied de guerre. La manifestation du 27 a marqué les esprits. Chacun redoute désormais les défilés et comprend mieux la terreur des Parisiens. Quant aux étudiants, ils ont finalisé leurs doléances et fait l'admiration de leurs enseignants et encadrants.

À Beaussier le travail a été colossal. Les rapports des commissions traitent de sujets divers et élevés tels que les examens bien entendu, mais aussi la liberté d'expression, la représentation des élèves dans les instances dirigeantes de l'établissement, et même la pédagogie. Les parents ont également participé et ont pu constater la maturité de leurs adolescents. Monsieur Zedaure est heureux du sérieux avec lequel les thèmes ont été abordés. Madame Caillol souligne que la plupart du temps les professeurs n'étaient que spectateurs. C'est à leur tour d'attendre qu'on les interroge. Et leur avis est entendu et pris en compte. Le rapport remis entre les mains du représentant de l'Académie comporte une centaine de pages dont la majorité est des propositions pédagogiques. Le délégué de l'Académie n'en croit pas ses yeux. Le lycée Beaussier est le seul à sa connaissance à fournir un tel travail. Tous sont fiers et satisfaits de leur contribution et souhaitent de toutes leurs forces que le ministère de l'Éducation nationale les entende. Ils sont tous venus même si c'est jeudi. Ils veulent être le témoin du transfert de leurs dossiers vers les autorités. Les professeurs aussi sont nombreux, ils sont fiers de leurs élèves. Monsieur Zedaure salue leurs brillantes joutes verbales lors de la discussion d'un thème. Madame Caillol met en avant les tournures de phrase et la richesse du vocabulaire qui font de leur texte un recueil de doléances sans équivoque et dûment argumenté. Madame Ollivon, la professeure d'économie, ne manque pas de remarquer la pertinence des demandes d'évolution en rapport avec l'évolution du marché de l'emploi. Chacun dans sa spécialité chante les louanges de leurs protégés en qui ils ont découvert des futurs adultes bien-pensants.

Claire n'échappe pas au nuage de fierté qui plane au-dessus du lycée. Lorsqu'elle rejoint Louis à la porte de l'institution Sainte-Marie, elle est gonflée à bloc et son père est le premier à en bénéficier. Tandis qu'ils pédalent tranquillement vers Toulon, Claire explique, détaille, souligne. Louis sourit, il est heureux de la voir enthousiaste dans ce projet. Elle est si heureuse depuis le weekend dernier. Hélène lui a dit qu'elle avait fait la paix avec Nans, elle ne lui en a pas dit plus sur leur relation. Ce n'est pas utile pour le moment. Un père réagit différemment quand il s'agit de la virginité de sa fille. Alors le père et la fille échangent gaiement le long de la route qui contourne la rade. Lorsque le sujet du lycée et quelques autres sont épuisés, Louis s'enquiert.

— Vas-tu revoir ce Nans qui t'a si fortement mis en colère ces derniers temps ?

— Je ne suis plus en colère contre lui. On s'est expliqué. Je pense le voir ce weekend, oui. On a les mêmes copains alors en général on se retrouve en soirée ou à la plage.

— Est-ce que c'est ton chéri ? Tu n'es pas obligé de me répondre.

— Je pensais que maman t'en avait parlé. Oui, on peut dire que c'est mon chéri. Mais il ne peut pas me voir en robe blanche pour autant ?

— Bien sûr que non ! Je veux juste savoir pour ne pas commettre d'impair.

Claire reste songeuse. Donc maman ne dit pas tout à papa… comment réagirait-il s'il savait ? Elle le regarde à la dérobée. Son visage est doux, il a toujours été gentil avec elle et son frère. Il faut dire que Mame et Pape l'ont élevé de cette façon aussi. Et pourtant elle n'a pas été une enfant facile avec son caractère entier. Et elle continue avec Nans. Faut-il qu'elle se rebelle contre tous ceux qu'elle aime. Ils sont arrivés place Puget, elle descend de vélo et reprend sa journée oubliant ses réflexions. Celles-ci lui reviennent tard le soir, dans son lit. Est-ce qu'elle aime Nans ? Elle n'a jamais vraiment été amoureuse jusqu'à présent, elle ne sait pas ce qu'il en est réellement. Et lui est-ce qu'il l'aime ? Toutes ses copines disent que les garçons disent « je t'aime » pour pouvoir coucher avec la fille. Nans ne semble pas comme ça. Et puis il ne lui a pas dit qu'il l'aimait. Elle s'endort sur ses interrogations.

Chapitre 29

Vendredi 31 mai 1968

La grève tire à sa fin. D'autres employés ont repris le chemin du travail. Les pompes à essence sont à nouveau approvisionnées. Mais les véhicules d'urgence restent prioritaires, alors des queues de voitures se forment aux stations. Pour les forces de l'ordre, l'heure n'est pas encore au bilan car les agitateurs les plus déterminés n'ont pas dit leur dernier mot. Mais au moins la tension des deux dernières semaines est retombée et les policiers attaquent leur journée à un rythme et un horaire normaux.

Aussi retrouve-t-on les quatre compères autour d'un café dans le bureau de Nans. Celui-ci renversé dans sa chaise, a posé les pieds sur le tiroir ouvert. Michel et Giacomo sont sur les chaises visiteur en face de lui. Roland est assis sur le bord de la table où sont rangés les dossiers en cours. Il a dû en pousser quelques-uns pour trouver place car l'inspecteur Grimaud a pris du retard ce mois-ci.

— Le joli mois de mai finit ce soir, claironne Roland, puis passant en mode journalistique, inspecteur Montebello qu'avez-vous retenu des événements ?

Giacomo se prête au jeu et lui débite une réponse digne d'un homme politique.

— Et vous, inspecteur Picard, poursuit-il en tendant un stylo pour micro vers Michel.

Michel joue les ronchons et sort une tirade anti-flic, anti-manifestants, anti-tout en fait qui fait bien rire ses acolytes.

— Oh! Mais, voici le célèbre inspecteur Grimaud. Qu'avez-vous retenu de ce mois de mai?

— C'est le plus beau mois de ma vie, déclare sobrement Nans.

— Nous terminerons sur cette note optimiste et boirons une coupe aux prochaines noces de l'inspecteur Grimaud, conclut Roland en riant.

— Qui parle de noces?

Le commissaire Marchetti pointe son nez à la porte. Lui aussi est plus détendu ce matin et il adore la complicité de ses quatre inspecteurs. Ne sachant si leur ami souhaite en parler, le groupe laisse Nans répondre.

— Mes amis me taquinent parce que je fréquente, résume-t-il.

— Et bien, alors à l'heureuse élue!

Le divisionnaire trinque avec sa tasse de café avant de poursuivre sa tournée. Les quatre inspecteurs se séparent sur ce toast et regagnent leur bureau respectif pour entamer leur journée de travail. Comme chaque fois après une période d'action c'est la paperasse qui reprend le dessus et de longues heures passées sur les machines à écrire s'annoncent, émaillées de pauses entre copains.

Au lycée, l'ambiance n'est pas la même. Point de soulagement ici mais plutôt une impression de vide. Le difficile travail de constitution du rapport achevé, les étudiants se trouvent désœuvrés. L'inquiétude légitime des examens ne tarde pas à pointer son nez. Les interrogations fusent parmi les élèves de terminale, première et troisième concernés par le baccalauréat et le brevet. Mais ni les professeurs ni la direction n'en savent plus. L'abattement fait place à l'enthousiasme bouillonnant des dernières semaines. Si les examens n'ont pas lieu, cela signifie pas de diplôme. Pas de diplôme, cela veut dire pas d'inscription en faculté, ni en école préparatoire, ni en quoi que ce soit. Pour les troisièmes, c'est moins tragique mais cela ne leur convient pas pour autant. Le brevet constitue une initiation aux examens qui les prépare à affronter le bac deux ans plus tard.

Finalement une fois ce rapport fini, ils considèrent avoir accompli la tâche qui leur revenait et tous n'ont plus qu'un souhait : que les cours reprennent. On assiste alors à quelque chose d'incroyable. Les élèves viennent voir les professeurs en délégation pour leur demander de reprendre le travail. La majorité est tout à fait d'accord et promet d'en faire part aux représentants syndicaux dès ce soir. Quelques-uns protestent que leurs idées ne sont pas passées. Qu'il faut encore se battre. Une fois de plus Monsieur Zedaure, le médiateur, fait entendre raison aux deux parties. Il ajoute en aparté à chacun des arguments imparables selon leur cas particulier.

— Luc, c'est un prof de chimie qu'il te manque, tu es en section littéraire.

— Valérie, c'est un prof de sport, tu peux t'entraîner toute seule.

— Gilles, après le bac tu vas travailler avec ton père, tu n'en as pas vraiment besoin.

La paix et la bonne humeur reviennent alors dans les couloirs de l'établissement. Il est 5 h, les délégués vont aller voir leurs collègues du département pour parler de la reprise des cours. Claire récupère son vélo au parking, Louis est rentré plus tôt, elle est libre de son temps. Elle décide de pousser jusqu'à Balaguier, histoire de profiter de la vue sur la rade de ce côté-ci. Elle longe le port, les chantiers sur près de trois kilomètres puis les constructions s'espacent et elle arrive à la petite plage située juste avant le fort de Balaguier.

Elle s'installe sur les rochers au pied des remparts du fort. Le fort de Balaguier est composé principalement d'une grosse tour à canon datant de 1636 destinée à protéger la rade des intrus. La pointe de Balaguier est l'avancée la plus proéminente de la rade, droit en face de l'étroit passage laissé par la grande jetée aux bateaux à fort tirant d'eau. Assise là où elle est, Claire est à un peu plus d'un kilomètre et demi de la tour Royale au Mourillon. Encore autant et elle est sur le port. Elle aime bien cet endroit, elle a l'impression d'espionner la grande ville en cachette. Elle s'imagine en haut de la tour avec une longue-vue en train d'observer les marins sur les quais de l'Arsenal. Elle tourne la tête vers le Mourillon et rêve qu'elle fait des signes à Eugénie qui est à sa fenêtre sur la colline. Le calme, le bruit des vagues, l'air marin lui font du bien. Ils calment ses nerfs mis à rude épreuve par le contexte social aggravé de la découverte de l'amour avec Nans. Il faut absolument qu'elle lui demande s'il a fait attention, elle ne s'est rendu compte de rien et en vérité elle ne sait pas grand-chose à ce sujet. Sauf que pour lui poser la question, il faut qu'elle le voie. Pour le voir, il n'y a pas beaucoup de solutions, soit elle va chez lui, peu envisageable, soit elle essaie de le voir au commissariat, ça ne l'enchante pas, soit elle attend ce samedi et essaie de savoir où sa bande va sortir pour aller au même endroit, voilà qui est bien hasardeux. Quelle gourde d'être partie sans fixer de rendez-vous ! Il doit tenir le même raisonnement. Ils se sont rencontrés plusieurs fois par hasard dans Toulon et maintenant plus moyen de se croiser. Elle oublie juste qu'ils n'ont plus les mêmes horaires avec la grève et que ça ne fait que trois jours qu'elle ne l'a pas rencontré. Bon, elle va rentrer et appeler ses copines pour savoir ce qui est prévu pour le lendemain. Et si elle le retrouve dans une soirée, elle pourra aller chez lui après. Cette fois ils auront tout leur temps le dimanche. Rien que d'y penser des picotements lui parcourent le bas-ventre et font gonfler ses seins. Elle appuie de plus belle sur les pédales pour calmer ses ardeurs. Sa mère n'avait pas l'air choquée de savoir ce qu'elle avait fait, ni les jumelles, ni Eugénie. C'était donc normal d'avoir envie de coucher avec un garçon même à leur époque. Même à l'époque de Mame Lisandra, en plus avec ses parents juste à côté, culottée Mame !

À peine arrivée elle accapare le téléphone et joint toutes ses connaissances. Les deux premières ne savent pas le programme prévu. La suivante croit que c'est le Pussy-cat. La quatrième est plus catégorique, c'est l'anniversaire de Camille, tout le monde se retrouve chez elle, le sous-sol sera aménagé pour faire la fête. Par contre impossible de savoir qui compose ce « tout le monde ». Il faut donc appeler Camille. Mais c'est délicat de demander à la maîtresse de maison si on est invité. C'est Alain qui la sauve.

— Moi je suis invité c'est sûr, j'ai participé au cadeau. Je peux appeler pour lui poser la question à ton sujet.

Bien entendu Claire est d'accord et passe le combiné à son frère. Celui-ci a une idée pour savoir pour les deux à la fois.

— Camille ? Salut, c'est Alain. Dis-moi, tu sais que ma sœur et Nans se courent derrière ?

Il y a un blanc pendant la réponse de Camille.

— Je voudrais savoir si tu les as invités. Tu comprends ça serait bien qu'ils sortent ensemble parce que ma sœur est infernale sinon.

Mimique outrée de Claire qui tape sur son frère.

— OK, d'accord. Génial. À demain.

Il raccroche et sourit.

— Alors ?

— Vendu ! Vous y êtes tous les deux. Donc dimanche on ne t'attend pas pour le déjeuner ?

Claire devient écarlate et assaille son frère de coups de poing. Il fait semblant d'être KO. Louis et Hélène arrivés à ce moment contemplent le tableau avec attendrissement. La paix et l'harmonie sont enfin revenues place Puget.

Chapitre 30

La date est symbolique, mais le mois de mai est fini et les mouvements sociaux le sont quasiment tous aussi. Mais des changements importants ont été initiés par ces quatre semaines folles, inédites, violentes mais exaltantes.

La vie de beaucoup en sera changée. À Toulon, il est 17 h et dans le foyer de la famille Jauffred une tornade sévit. Toutefois les membres de la famille habitués à ces manifestations, sont paisiblement installés à leurs occupations habituelles. Hélène, de repos ce jour-là, en profite pour faire des confitures avec les cagettes de cerises que Lucas, un des cousins de la Crau, lui a déposées dans la semaine. L'appartement embaume du parfum sucré des beaux bigarreaux. Louis met de l'ordre dans son année scolaire. Il a étalé sur la table de la salle à manger tous les documents qui lui ont servi cette année. Comme à l'accoutumée, il les annote pour se souvenir de l'année d'utilisation puis les réintégrer dans leur place d'origine. Ce travail méticuleux lui vaut une réputation de variété dans ses cours qui le rend particulièrement fier. Alain, renversé dans un fauteuil, les pieds sur le rebord de la fenêtre, joue nonchalamment de l'harmonica. De temps en temps la tornade traverse ce paisible tableau. La tornade, c'est Claire bien sûr. Elle se prépare pour la soirée chez Camille. C'est-à-dire qu'elle vide peu à peu tiroirs et armoires en essayant toute sa garde-robe. Elle sort de sa chambre en claquant la porte, traverse le salon comme un ouragan, assaille sa mère pour lui demander son avis, dont elle ne tient pas compte ayant déjà décidé que ça n'allait pas du tout, et de refaire le chemin inverse pour se changer après avoir jeté pêle-mêle sur le lit les vêtements disgraciés. La porte claque, Claire arrive cette fois avec une robe trapèze verte, un beau vert émeraude, dont le haut blanc est séparé de la jupe par un ruban noir. La couleur lui sied à merveille, la forme laisse voir ses jambes fines et bronzées, dégage l'arrondi de ses épaules, tandis que la poitrine doit être devinée.

— Celle-là elle te va bien, commente Louis au passage.

Alain lâche son instrument pour considérer sa sœur.

— Sœurette, garanti, si tu n'étais pas ma sœur, je te draguerais.

Alain étant aussi avare de compliments que leur père, la remarque interpelle la tornade qui ralentit. Hélène, la cuillère à la main confirme.

— Avec celle-là, c'est sûr. Tu vas faire des ravages.

Satisfaite, elle minaude un peu puis repart dans sa chambre. Soulagés, les trois membres du jury vestimentaire se regardent, quand la porte claque.

— Les chaussures, celle-là ou des sandales blanches ?

Ils éclatent de rire et Alain murmure.

— Pauvre Nans.

Claire, piquée, retourne choisir ses chaussures toute seule.

Rue des Boucheries l'atmosphère est chargée aussi mais Nans ne peut s'en prendre qu'à son reflet dans la grande glace de l'armoire. Et il ne s'en prive pas. Plus ordonné, il replace au fur et à mesure les tenues qu'il élimine mais il en passe presque autant que Claire. Il finit par opter pour un pantalon de toile fine gris anthracite et un polo d'un vert pâle relevé d'une fine rayure émeraude au bord des manches courtes et au col. Sans le savoir, il est parfaitement assorti à Claire et ses boucles brunes se détachent sur la couleur claire du polo. Enfin satisfait de son apparence, il se décide à rejoindre ses compères sur le port en attendant l'heure de se rendre chez Camille.

Il est juste 20 h place Puget quand Claire est prête à son tour. Lorsqu'elle pénètre dans le salon pour récupérer son frère, les Jauffred restent bouche bée. Ils ont devant eux non plus la jeune enseignante un peu fantasque mais une vraie femme légèrement mais habilement maquillée. Elle leur sourit et sans avoir le moins du monde conscience de sa séduction, elle les interpelle.

— Ben quoi ? Vous ne m'avez jamais vu ? Alain, bouge-toi, on est en retard.

Alain suit sans penser que c'est à cause d'elle s'ils sont en retard. Camille habite au quartier Saint-Jean près de l'hôpital Brunet. La villa familiale est grande et possède un sous-sol aménagé qui est le bienvenu en cas de fête comme celle de ce soir. L'arrivée de Claire ne passe pas inaperçue. Les quatre inspecteurs sont déjà là et bavardent avec d'autres jeunes. Michel donne un coup de coude à Roland et montre du menton l'entrée. Roland se tourne pour suivre son geste imité par Giacomo et Nans. L'italien ne peut s'empêcher d'émettre un sifflement approbateur. Nans, lui, tombe une deuxième fois amoureux de Claire. Elle traverse la salle en saluant les groupes d'un geste, d'un mot, d'un sourire. Elle est rayonnante. Puis tout à coup elle voit Nans et son visage s'éclaire, son sourire change. Les garçons sont envieux de ce regard qu'elle adresse à l'élu de son cœur. Quant à Nans, c'est en propriétaire qu'il s'approche d'elle pour la saluer.

— Bonsoir, Claire, tu es si belle.

Il a du mal à articuler d'émotion. Ses yeux ne quittent pas les siens. L'espace de quelques secondes, ils sont seuls au monde. Puis les copains s'interposent et rompent le charme. Il garde sa main dans la sienne, incapable de rompre ce lien qui les unit. Ils bavardent gaiement avec les membres du groupe quand la musique commence à se faire entendre. Lorsque le deuxième morceau débute, ils se regardent, c'est un rock, l'envie de danser les rassemble sur la piste improvisée au milieu du sous-sol.

— Fais gaffe dans les pirouettes, ma robe est large, précise-t-elle à son partenaire.

Nans considère le problème de la robe d'un coup d'œil, se perd quelques secondes à imaginer son corps sous le tergal et l'entraîne dans un rock endiablé, suivi d'un twist et de plusieurs autres rythmes qu'ils se régalent à partager. Après une pause, le DJ annonce des rythmes latino-américains. Les amoureux s'interrogent du regard.

— Tu sais danser ces rythmes?

Nans acquiesce, Claire confirme. Ils rejoignent les danseurs accompagnés de Giacomo et une amie qui sont aussi bons danseurs. Le premier morceau est un paso doble suivi d'une cumba. La série finit sur un tango. Plusieurs couples abandonnent, l'exercice est difficile. La musique commence, les couples se lancent. Il ne reste que Nans et Claire, Giacomo et Marie, deux autres jeunes qu'ils ne connaissent pas. Leurs évolutions sont un vrai spectacle mais les regards se portent sur le couple formé par le policier et l'enseignante car, à la grâce de leur danse, est mêlé le « caliente » de l'amour. Les gestes déjà sensuels du tango sont sublimés par leur attirance physique. Ils ne se rendent même plus compte de la présence d'un public. Ils jouent à un jeu de frôlements, de passe-passe des corps dignes de préliminaires. Lorsque la musique stoppe, Nans renverse Claire, sa souplesse et sa grâce lui procurent une pose élégante. Nans penché vers elle la dévore des yeux. Claire saisie par l'intensité des sensations et des sentiments ne bouge pas fascinée par le regard intense de son compagnon.

Les trois couples sont applaudis par l'assistance, le charme est rompu, la musique d'un slow s'élève. Les couples se forment, envahissent l'espace. Nans relève Claire, l'enlace et ils savourent ce moment de retour au calme après ce moment quasi orgasmique de tango. Mais la nature volcanique de la jeune fille reprend vite le dessus et son corps épouse tendrement celui du jeune homme, elle lui taquine le cou, lui murmure des mots tendres et coquins à l'oreille. Les mains de Nans se crispent sur le tissu émeraude, il a du mal à redescendre sur terre après l'épisode latino, elle va l'achever avec les slows. Il n'a qu'une envie la ramener chez lui et la culbuter sur son lit. Au bout du deuxième slow, il lui prend la main et l'emmène à l'écart. Ce renforcement doit être l'accès à un local technique, peut-être la chaudière, en tout cas ils sont seuls et il fait sombre. Nans s'empare des lèvres de Claire et l'embrasse avec toute la passion accumulée ces dernières vingt minutes. Elle se laisse emporter par la vague de désir qui la noie dans un flot de sensations encore inconnues et si merveilleuses. Comme lui, elle voudrait que ça ne s'arrête jamais. Mais derrière, la musique s'est tue et les convives souhaitent un joyeux anniversaire à Camille. Les deux jeunes gens reviennent sur terre. Claire se souvient qu'elle et ses amies ont un cadeau à porter à plusieurs. Elle file s'en charger, laissant Nans pantelant en proie à ses amis.

— Calda, ta tigresse ! commente Giacomo.

— J'ai cru que tu allais la violer sur la piste, exagère Michel.

— Tu ne vas pas t'ennuyer avec elle, conclut Roland avec une mimique expressive.

Chacun se consacre à ses copains, à la danse. Roland et Giacomo, qui n'ont pas de cavalière attitrée, empruntent Claire à leur ami le temps d'une danse ou deux. La vitalité de la jeune fille les impressionne et il la laisse volontiers à leur compère. Il faut du caractère pour partager la vie d'une telle femme et Nans n'en manque pas malgré sa douceur et sa gentillesse.

Il est presque 2 h du matin, les rangs des danseurs se sont éclaircis. Michel et sa chérie sont partis. Giacomo est en grande discussion avec Alice, une collègue de normale de Claire qui travaille à l'école du Pont-du-Las. Elle semble captivée par l'italien. Roland n'a pas trouvé de compagnie féminine, il aide Camille à remettre de l'ordre. Claire et Nans ont très envie d'être seuls, ils font le tour des groupes restants pour les saluer et finissent par Roland et Camille.

— À lundi frère, lance Nans.

— Bon dimanche, il se retourne vers Claire et lui fait un clin d'œil, laisse-lui un peu de force, Claire rit.

Les amoureux enlacés s'éclipsent. Ils regagnent la rue des Boucheries d'un même pas, pressés d'être l'un à l'autre.

— Au fait, demande Claire en chemin, l'autre jour, avais-tu fait attention ?

— Oui bien sûr, tu ne t'en es pas aperçue ?

— Ma foi, non, je devais avoir la tête ailleurs, minaude-t-elle.

— Rassure-toi, même si ça ne me dérangerait pas, je ne souhaite pas te faire un enfant tout de suite.

Ils grimpent les quatre étages sans bruit. Les autres locataires dorment à poings fermés, il ne vaut mieux pas les éveiller. Une fois la porte refermée sur eux, une vague hésitation s'empare de Claire.

— Tu dois me prendre pour une fille facile, non ? Venir chez toi comme ça, alors qu'on se connait depuis à peine quelques semaines.

— Ah ça non ! Je peux t'assurer que tu es tout sauf une fille facile. Tu te rends compte que j'ai dû te coller deux fois au trou avant que tu acceptes de me parler sans m'insulter.

La réponse a jailli avec une spontanéité qui surprend la jeune fille. Claire confuse cache son visage dans l'épaule de Nans. La réaction de leur corps est immédiate, la même chaleur, les mêmes picotements envahissent leurs entrailles. Alors ils cessent de parler avec des mots et laissent leurs mains, leurs lèvres mener la conversation avec impatience. Claire est un peu plus sûre d'elle et prend des initiatives très appréciées de son compagnon. Nans, quant à lui, veut lui montrer qu'il y a encore plein de gestes à apprendre. Lorsqu'il la couche sur le lit déjà nue, il lui demande de le déshabiller à son tour. Elle s'exécute et découvre ainsi les mille et une possibilités de donner du plaisir.

Plus tard, vers le petit matin il lui montre qu'elle peut être maîtresse du jeu. Il s'allonge et lui demande de prendre l'initiative. Il l'aide un peu mais elle prend rapidement le dessus et en fait son esclave volontaire.

Nans abdique tout devant le pouvoir qu'elle a sur lui, d'autant plus facilement qu'il sait qu'il en a autant sur elle. Claire s'initie aux jeux de l'amour avec gourmandise. Après l'apothéose de ce dernier chapitre, alors qu'elle repose contre son amant endormi, elle repense à tout ce qu'ils ont fait ce soir, cette nuit. Elle ne pensait pas qu'une danse pouvait être aussi torride que ce tango, elle avait bien cru qu'il allait l'emmener dans un coin isolé dès les dernières notes tellement leur envie de posséder l'autre était montée crescendo. Et elle n'avait pas pu se retenir de le taquiner pendant le slow. C'était plus fort qu'elle, son corps l'aimante irrésistiblement. Et cette position, elle sur lui, le dominant, le regardant arriver au plaisir, c'était exceptionnel. Elle ne souhaite qu'une chose : recommencer. Mais la journée a été très longue et le sommeil gagne la partie.

Chapitre 31

Dimanche 2 juin 1968

La cathédrale sonne midi au moment où Nans, ouvrant les yeux, les pose sur Claire. La jeune femme dort paisiblement, elle a presque un air enfantin, presque car quand Nans repense à cette nuit, son sexe répond aussitôt. Claire, inconsciemment alertée par cette disposition, s'éveille à son tour, s'étire, dans le mouvement ses hanches se collent à Nans et ses seins se tendent vers son visage. La tentation est trop forte, il n'a qu'à se pencher et savourer un bouton rose déjà dressé. Claire gémit et ouvre les yeux, il se perd quelques secondes dans le brun de ses pupilles et ce qu'il y lit l'invite à plonger sous les draps. Il trouve les jambes entrouvertes et s'y glisse, et le temps s'arrête à nouveau.

Bien plus tard, ils partagent quelques tartines et songent à reprendre pied dans la réalité. Nans met la radio, c'est l'heure du hit-parade. L'animateur annonce avec enthousiasme le vainqueur de la semaine. La chanson classée première par les auditeurs est *My year is a day*. Nans affairé à étaler une belle couche de beurre sur son pain marmonne.

— Cette fois c'est vrai.

— Qu'est-ce qui est vrai ? Interroge sa compagne.

— Le dimanche qui a suivi le jour où tu m'as planté là après m'avoir bien appâté, j'étais dans un état lamentable. Je me suis drogué aux chansons tristes toute la journée. Et celle-ci je la chantais à l'envers *My day in the year* car c'est vraiment l'impression que j'avais.

— Alors qu'hier t'a semblé trop court. Comme moi.

Ils se regardent, se comprennent enfin. Heureux. À la radio le speaker reprend la parole et annonce la suite du programme.

— Pour le moment les chroniques culinaires de Giacomo Carlotti.

— Bon sang ! Le pique-nique !

Nans bondit de sa chaise faisant sursauter Claire. En entendant le prénom de son ami à la radio, il s'est souvenu que les trois policiers lui avaient donné rendez-vous à la plage au Cap Brun pour un pique-nique tardif.

— Et c'était quelle heure « tardive » ?

— 15 h. Et il est…, il consulte sa montre, 15 h 30.

— Et bien, tu y vas directement. Moi je passe me changer et je vous rejoins, propose Claire.

Aussitôt dit, aussitôt fait. Tandis que la jeune fille rassemble ses affaires et s'éclipse, le jeune homme file s'habiller. Ils se donnent rendez-vous au Cap Brun dans une demi-heure environ. Claire rentre place Puget, elle trouve l'appartement vide. Les Jauffred sont sortis. Tant mieux, elle échappe aux questions qui la retarderaient. À peine un quart d'heure plus tard elle est prête et enfourche son vélo. Quand il le faut, elle sait être rapide. Le chemin jusqu'à la petite crique du quartier du Cap Brun n'est pas bien loin. Elle y arrive quelques minutes après Nans.

Roland et Giacomo sont là, Michel est en compagnie de Valérie. Le groupe est au complet. Bien sûr les taquineries fusent sur leur oubli du rendez-vous. Puis la conversation démarre sur la soirée chez Camille. Tous sont d'accord pour admirer les qualités de danseurs de tango de Giacomo, Nans et Claire. La bonne humeur est générale cet après-midi à Toulon. Les problèmes sociaux commencent à se résorber, les blocages à se lever, tout le monde retrouve la joie de vivre coutumière de la fin du printemps.

Au Cap Brun, les six jeunes gens paressent au soleil quand Roland décide d'essayer la baignade. Même si le soleil est chaud en ce tout début de juin, l'eau de mer n'a pas encore une température estivale. Roland avance précautionneusement dans l'eau fraîche. C'est sans compter sur la bande de trublions qui l'accompagne. Il ralentit lorsque l'eau lui arrive au ventre et au moment où il se retourne pour leur assurer crânement qu'elle est bonne, trois grandes gerbes finissent de le mouiller. Les trois garçons ont plongé directement à proximité. Roland proteste pour la forme et se joint au chœur de ses amis pour que les filles les rejoignent. Elles viennent mais la progression est plus lente et ponctuée de petits cris à chaque zone sensible atteinte par l'eau froide. Elles ont de l'eau à mi-cuisse et les garçons s'impatientent. Alors Michel et Nans décident de récupérer leurs compagnes. Les ayant rejointes, ils les enlacent, le contact du corps froid des hommes sur leur peau chaude du soleil les fait protester contre cette étreinte. Valérie se débat et en fait se mouille plus que si elle se laissait faire. Claire se laisse enlacer, Nans la fait avancer un peu. Comme il tente de la faire se baisser pour être entièrement mouillée, elle noue ses bras autour de son cou, ses jambes autour de ses hanches et le fait basculer dans l'eau. Surpris Nans manque de boire la tasse mais il se ressaisit aussitôt et reprend pied. Toujours cramponnée à sa taille elle dégage son visage des boucles brunes dégoulinantes. Elle essuie de ses lèvres les gouttes salées qui coulent sur son visage. Ils ont oublié l'eau froide et les copains à côté qui chahutent en sortant de l'eau. Claire frissonne, Nans entoure ses bras autour d'elle et l'emmène hors de l'eau.

Cet instant intime où ils les ont oubliés, a montré aux trois amis la profondeur de ce qui unit leur compère à sa compagne. Ils s'en doutaient mais le voir au grand jour leur fait tout drôle. Du coup Michel se demande si ce qu'il éprouve pour Valérie est aussi fort.

Nans dépose Claire sur le sable et l'entoure d'une serviette. Le soleil les réchauffe bien vite et les activités seront hors de l'eau pour le reste de l'après-midi. Giacomo a apporté un ballon et une partie de volley endiablée, deux garçons et une fille par équipe, les oppose pendant un moment parsemé de fou rire. À l'issue ils s'écroulent dans le sable, partagent les dernières bières de la glacière. Giacomo semble rêveur, ses amis le taquinent. Apparemment le tango avec Marie a mué la tendre amitié en quelque chose de plus profond. En est-il de même pour Marie ? Les filles en aparté se promettent d'essayer de le savoir. La journée touche à sa fin, il faut ranger et rentrer. On secoue nattes et serviettes pour évacuer le sable. Michel et Valérie reprennent les glacières sur leur scooter avec lequel ils sont venus. Les autres sont à vélo. Il salue le couple qui enfourche leur machine. Bientôt les chemins se séparent, d'abord Roland qui va vers Saint-Jean, puis Giacomo qui monte vers la gare, enfin rue des Boucheries, Nans embrasse tendrement Claire, leurs sentiments inavoués sont bien établis et ils ne s'en défendent plus désormais. Il regarde la silhouette de la jeune fille s'éloigner dans la rue et lorsqu'elle disparaît, il monte ses quatre étages.

Chapitre 32

Lundi 3 juin 1968

La France se réveille de son rêve de société libre et égalitaire. Les employés de tous les secteurs, de tous les statuts se rendent compte qu'il faut arrêter la grève. Suffisamment d'événements incontrôlés se sont produits. Ils ne veulent pas être à nouveau débordés par des éléments incontrôlables. Ils ne veulent pas le pouvoir, encore moins la révolution.

Les chantiers de La Seyne, l'arsenal de Toulon, peu à peu chaque secteur demande à son autorité une assemblée générale suite à laquelle la reprise du travail est massivement votée. Les avancées obtenues sont nombreuses, augmentation de salaire, création de comité d'hygiène et de sécurité, création de commission paritaire, accès aux crèches et aux centres de vacances jadis réservé aux militaires, amélioration des droits d'exercice syndical…

Nans, soulagé de cette fin comme tous ses collègues, reprend avec joie la routine quotidienne. Il y a de quoi s'occuper avec les conséquences de ce mois de mai inédit dans l'histoire. Le commissaire divisionnaire Marchetti ne peut s'empêcher de réunir ses hommes pour clôturer cet épisode dense de l'histoire de la police lors d'un débriefing complet des événements. Pendant deux heures il va leur retracer les manifestations, les incidents, les blessés, les arrestations. Les policiers écoutent patiemment leur chef, beaucoup se demandent où il veut en venir. Leur curiosité les retient de s'évader mentalement du long discours, ils entendent donc le récapitulatif des événements et s'étonnent de la manière dont leur commissaire les a dirigés, aiguillés dans ses sacro-saints briefings. Ils n'en ont pas eu l'impression mais leur plan de bataille était celui du commissaire. Cet homme qu'ils respectent déjà pour son passé à la police judiciaire de Marseille, leur apparait aussi comme un fin tacticien. Marchetti poursuit et peu à peu se dessine à ses côtés les silhouettes de deux inspecteurs, au futur prometteur, qui l'ont épaulé dans cette phase de lutte sociale inédite. L'un comme l'autre a une parfaite connaissance du terrain, étant toulonnais ou tout du moins varois, l'un par son expérience proposait des solutions pacifiques, l'autre par sa jeunesse connaissait la façon de penser de la majorité des manifestants. Après cette démonstration chronologique de la force d'action d'une équipe unie, le commissaire cite enfin les noms de ceux que tous avaient déjà identifiés.

— C'est pourquoi j'ai demandé et obtenu une lettre de félicitations pour les inspecteurs Jean-Claude Fabre et Nans Grimaud.

Des applaudissements nourris emplissent la salle, les rangs des policiers se tournent vers leurs deux camarades. Puis Nans et Jean-Claude Fabre se tournent vers le commissaire et se mettent à applaudir à leur tour. Le briefing finit autour d'un café et des brioches de madame Marchetti. Lorsque les hommes du commissariat central de Toulon regagnent leur poste, la matinée est déjà bien avancée. Tous replongent dans leur quotidien avec la satisfaction d'avoir géré au mieux cet épisode dont ils se souviendront toujours.

Le commissaire part pour l'hôpital où trois de ses hommes sont encore sous surveillance médicale. Il doit y rejoindre le préfet pour rencontrer officiellement les valeureux combattants comme aiment à le titrer les journalistes. Au dernier moment, il revient sur ses pas et décide de se faire accompagner de ses deux bras droits, Grimaud et Fabre. Les deux inspecteurs embarrassés vis-à-vis de leurs collègues tentent de décliner mais Marchetti est inflexible.

— Pas question d'affronter les requins de la presse tout seul. Vous m'avez aidé dans les manifs, vous m'aiderez dans la fosse aux lions.

Fabre et Nans se regardent résignés.

— Soit, allons jouer les gladiateurs, en plus d'être policier.

— Vous y gagnerez votre photo dans le journal, ajoute le divisionnaire.

— J'espère que j'arriverai à me planquer, dit Fabre.

Nans se contente de grogner, il n'aime pas trop la publicité lui non plus, mais le chef oui et il l'estime assez pour subir les flashes pour lui faire plaisir. Ils se rendent donc à l'hôpital Brunet dans le quartier Saint-Jean. Les journalistes du quotidien local Var-Matin République côtoient celui de Radio Monte-Carlo, il règne une effervescence hors du commun dans le hall de l'hôpital. Le Maire vient de quitter les lieux après avoir visité les victimes civiles. C'est autour du préfet et du commissaire d'aller assurer les agents de police blessés de leur soutien. Marchetti, en vieux renard, s'est renseigné sur la gravité des blessures des deux civils pris en exemple. L'un a eu le bras cassé par une chute dans une échauffourée, l'autre a été brûlé au bras et au cou par une grenade lacrymogène mal manipulée par un de ses collègues. Alors le commissaire a choisi deux policiers plus gravement atteints et dont les blessures ont été causées volontairement par des agitateurs. Son intention est de montrer que la police a fait son devoir en toute honnêteté et a pâti des éléments perturbateurs infiltrés dans les rangs des manifestants. Fabre et Nans sont un peu gênés par cette façon de présenter les choses. Nans le sera encore plus lorsque la journaliste de Var-matin lui demandera si la balafre dont on voit encore la trace sur sa joue venait des événements. Ne sachant pas mentir Nans acquiesce. La journaliste, apparemment fascinée par son sourire, demande à son photographe de prendre un cliché de l'inspecteur côté balafre. L'inspecteur fait la moue, mais son commissaire le met en avant et la photo est prise.

— Ce sera dans l'édition de demain, assure la journaliste sous l'œil furibond de Nans.

Lorsqu'il retourne au commissariat, le divisionnaire fanfaronne sur le charme de Nans auquel la reporter a cédé. Les collègues en font leurs choux gras et attendront le journal avec impatience le lendemain matin.

Au lycée Beaussier, à La Seyne, la majorité des élèves ont repris les cours. Mais les niveaux concernés par les examens sont au complet. Ils veulent pouvoir passer leur baccalauréat. Les élèves du collège sont moins motivés. Claire a donc quelques absents dans chaque classe. Ceux qui sont présents sont avides de connaitre le résultat de cette grève d'une ampleur et d'une durée exceptionnelles. Les cours sont donc axés sur les mouvements sociaux, elle doit leur expliquer les tenants et les aboutissants, le rôle des représentants syndicaux, les droits des manifestants. Inévitablement les manœuvres policières sont évoquées. Claire aurait répondu différemment au mois d'avril mais entre-temps il y a eu Nans. Alors elle leur dit que la police est là pour protéger les manifestants d'eux-mêmes, pour protéger les biens et les personnes ne participant pas aux manifestations. Les élèves n'ont pas tous entendu des propos aussi positifs chez eux et les questions fusent, les réactions éclatent. Certains bondissent carrément sur leurs chaises, indignés. Un garçon au fond de la classe crie « CRS SS ! » Claire a du mal à faire revenir le calme. Pour cette première heure, Claire essuie la première tempête de sa carrière. Elle s'assoit un instant avant de changer de salle et reprend un peu d'énergie pour affronter la deuxième heure. Cette fois se sont des troisièmes, ce sera encore plus hargneux. Madame Caillol passe devant la salle et aperçoit Claire assise l'air hagard. Elle entre, inquiète.

— Claire, ça ne va pas ?

Elle reprend ses esprits, sourit en voyant la professeure de français.

— Oui ça va. Je récupère de ma séance de pédagogie policière.

Madame Caillol regarde la jeune fille avec un air interrogatif, elle ne devine pas ce que peut être à la pédagogie policière. Claire éclate de rire au vu de la mine de sa collègue et le lui explique. Elle convient que prendre la défense des forces de l'ordre après un mois de grève et de manifestation est un acte courageux face aux fils et filles des Seynois pour la plupart employés des chantiers. La cloche sonne, les deux professeures gagnent leur salle de cours rapidement.

La journée s'écoule ponctuée par les cours-combat pro-police et les interclasses-reprises du calme. Lorsque la cloche retentit à 17 h, Claire se sent vidée. Elle range ses affaires machinalement, dépose ses livres dans son casier. Il lui reste les copies des quatrièmes à finir de corriger, ça fait un mois qu'elle doit les finaliser mais prise par l'atmosphère de ce fou mois de mai, elle les a oubliées. Elle hésite, la main sur le paquet puis se décourage. Non, vraiment ce soir, ce dont elle a besoin c'est de prendre l'air pour se détendre. Le trajet en ferry lui fera du bien. Elle ferme le casier sur la pile de copies et sort. La marche jusqu'au port lui permet de mettre de l'ordre dans ses idées. Elle repense aux arguments échangés toute la journée, elle est heureuse d'avoir pu tenir tête aux propos agressifq de certains élèves et de leur avoir rétorqué calmement tous les éléments dont Nans lui avait parlé. Elle leur a aligné des chiffres, des dates, des faits contre lesquels ils ne pouvaient rien opposer Elle en a retourné quelques-uns et s'en félicite. Ce soir ils vont rapporter chez eux ses propos et cela va provoquer des débats dans les chaumières seynoises. Sur le pont du ferry elle savoure la caresse du soleil sur sa peau et la fraîcheur des embruns sur son visage. Elle irait bien voir Nans, mais ne sait pas à quelle heure il sort. Tant pis, elle va aller faire un tour sur le port pour achever de se détendre.

Nans décide de commencer sa semaine calmement après cette mise en train médiatique, il sort donc du commissariat relativement tôt par rapport à ses habitudes et décide de passer par le port dans l'espoir de croiser Claire. Il arrive en vue de l'embarcadère des ferries, cherche parmi les passants la chevelure aux reflets flamboyants. Elle n'est pas parmi ceux qui descendent. Il traverse la foule et poursuit son chemin déçu. Mais un peu plus loin, un rayon de soleil pris dans une vitrine rebondit sur une tête. Le cœur de Nans fait un bond dans sa poitrine. C'est elle! C'est Claire! Il accélère pour la rattraper. Arrivé juste derrière elle, il ralentit et lui murmure près de l'oreille.

— Alors, belle jeune fille, on se promène au lieu de rentrer chez soi?

La voix chaude de Nans coule comme du miel dans l'esprit de Claire. Elle se tourne vers lui, un sourire éblouissant aux lèvres et répond simplement.

— Je t'attendais.

À cet instant une bulle se forme autour d'eux, le temps s'arrête. Leurs regards s'accrochent. Nans passe son bras autour de la fine taille de Claire. Ils se sourient, tout simplement heureux de se retrouver ce soir. La tempête de ce mois de mai si particulier est derrière, celle qui a agité le pays comme celle qui les a tout d'abord opposés. Maintenant s'ouvre devant eux le grand chemin de l'avenir à construire. Ils marchent côte à côte en se tenant la main. Ils irradient tellement de bonheur que les passants sourient en les croisant, tournent la tête pour suivre leur aura quelques secondes.

Leurs pas les mènent vers les quais du port de commerce. Tout au bout de la digue qui ferme sur la droite le port de plaisance, sur la gauche le port de commerce, ils trouvent un ponton ouvert. La plupart sont fermés par la capitainerie pour éviter les vols à bord des yachts amarrés. Celui-ci est le ponton des pointus et des pêcheurs. À cette heure, il n'y a plus personne, ils vont jusqu'au bout et cachés entre deux bateaux de pêche au gros, ils s'assoient les jambes pendantes au-dessus de l'eau calme du port. Les bateaux de la pêche au gros sont bâtis comme les célèbres pointus varois visibles dans tous les ports de la côte. Mais comme la pêche, au thon principalement, nécessite de partir plus loin au large et plus longtemps, ils ont un volume adapté à cette pratique et une largeur pratique pour passer les thons de cinquante kilos et plus par-dessus bord et les détailler sur le pont.

Les amoureux sont donc à l'abri des regards entre le Magali et le Providence. Ils en profitent pour échanger un long baiser. Puis Claire pose sa tête dans le creux de l'épaule de son compagnon. Elle est bien. Comment a-t-elle pu lutter aussi violemment contre lui ? Nans sent avec bonheur le poids de sa compagne contre lui. Enfin elle sera à lui sans barrière. Une vague de bonheur paisible les inonde. Dans sa tête il se moque de lui-même.

— Quel caramel mou tu fais ! Rien à voir avec le valeureux inspecteur Grimaud comme dirait Marchetti.

Cette pensée lui tire un petit rire.

— Je peux profiter de ce qui te fait rire.

Il lui rapporte sa pensée, elle a en rit aussi, puis sérieuse, dit.

— Moi j'aime les caramels mous.

Le regard qu'elle lui adresse est plein de promesses qui suggèrent que ce qu'elle a envie de faire à son caramel mou est effectivement proche de l'envie de dévorer. L'esprit et le corps de Nans s'enflamment, jamais il n'aurait cru être en aussi parfaite harmonie de corps avec une femme. Claire et son côté félin l'enchantent. Ne pouvant satisfaire leurs envies, ils se contentent d'un baiser passionné qui ne fait qu'exacerber leurs sensations.

Ils se reculent enfin essoufflés, presque hagards. Leurs yeux continuent le message muet. Nans saisit les deux mains de Claire. Elle baisse la tête, dans son cœur c'est une évidence et il faut qu'elle le lui dise. Elle se redresse, un petit air déterminé sur le visage. Nans s'inquiète aussitôt, non pas de bataille, plus jamais. Elle le fixe, sourit et affirme clairement.

— Nans, je t'aime, je veux rester avec toi, toujours.

Un soleil explose dans le cœur du jeune homme. Il s'empresse de répondre.

— Je t'aime aussi, Claire, et je veux que tu viennes avec moi et nous nous suivrons où que nous mèneront nos vies.

Vous avez aimé votre lecture ?
Découvrez les autres romans des éditions So Romance
disponibles en format papier et numérique.

Sous ses doigts - Tome 3 : Les coeurs recomposés

De retour en Haute-Savoie, Cécile, Claire et leurs conjoints ont loué un chalet pour y passer une semaine de vacances et skier. Vacances qui s'annoncent tendues, puisque les deux sœurs se revoient pour la première fois depuis quelques années. Malgré le fait que Cécile soit mariée et que Claire ait un enfant, les incidents du passé n'ont jamais été apaisés. Entre l'annonce de leur père, les non-dits du passé et les problèmes de communication de couple, ils vont devoir se faire face et discuter, enfin, pour espérer pardonner et retrouver leur sérénité.

Les Playboys de San Francisco - Tome 2 : Une si longue attente

Sa première année de fac touche déjà à sa fin, et les examens arrivent à grand pas. Cat pensait son histoire avec Alex oubliée, jusqu'à ce qu'elle croise le regard du jeune homme, ravivant tous les souvenirs et sentiments qu'elle avait tenté d'enfouir au fond d'elle. Alors que celui-ci semble filer le parfait amour avec Carrie, un rapprochement inattendu décide Cat à lui montrer qu'il compte toujours à ses yeux.

Meurtri entre ses sentiments profonds et son désir de protéger Cat de lui-même, le cœur d'Alex balance entre raison et passion. Mais son passé ne le condamnerait-il pas d'avance ?

Sexual game - Tome 1 : Apprends-moi

Nina ne connait de l'amour que ce que son ex lui a montré : il l'a trompée car elle ne souhaitait pas aller plus loin avec lui. Jusqu'à ce qu'elle fasse la rencontre de Kyle, le pote terriblement sexy de son frère. Depuis, il ne quitte plus son esprit, et elle ne semble pas non plus le laisser indifférent, car ce dernier lui propose un marché afin de lui apprendre le plaisir des relations charnelles. Mais, dans leur accord, elle lui a promis de ne pas s'attacher. Chose plus facile à dire qu'à faire quand ce dernier ne semble pas vouloir la laisser partir, pour une raison qui lui échappe. Et si tout était lié à ce qui lui est arrivé il y a quelques années ?

À trois, je vous aime - Tome 2 : Interlude

C'est avec difficulté que Lilie tente de s'éloigner de Valentyn et Léandre afin de les préserver. La jeune femme fait tout pour lutter contre ses sentiments et taire ses désirs, mais son bonheur ne peut exister loin des deux hommes de sa vie. Surtout quand ces derniers refusent de respecter ses volontés et restent plus présents que jamais. Cependant, les règles du jeu semblent avoir changé, et il n'est plus question d'amitié entre les deux coloc' qui se considéraient pourtant comme des frères. Partager Lilie ? Plus jamais ! Dans cette lutte acharnée pour les faveurs de la belle, qui sait s'il peut y avoir un gagnant ?

Pour en savoir plus

www.soromance.com

Éditions So Romance
10/8, rue Jules Cockx
1160, Bruxelles
www.soromance.com

ISBN : 9782390453017
D/2021/14.771/42

Maquette de couverture : Philippe Dieu
Photo : © Oleksandr Berezko / Shutterstock